JN185449

ねこの風《かぜ》つくり工場《こうじょう》

工《こう》場《じょう》見《けん》学《がく》のお客《きゃく》さま

みずの よしえ 作　いづの かじ 絵

もくじ

描き文字・青衣茗荷

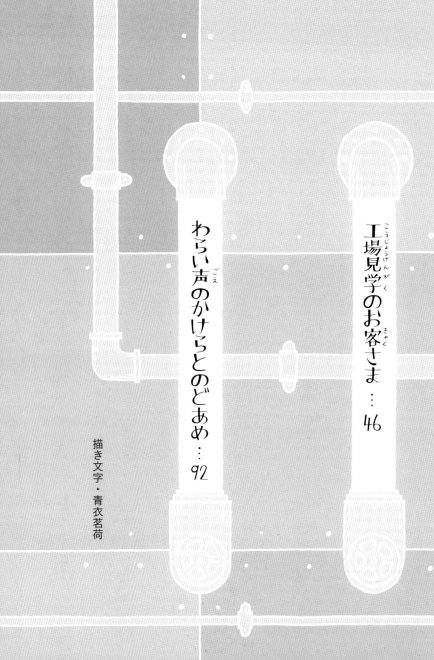

風《かぜ》つくり工場《こうじょう》のちいさなねじ

「きょうは先日《せんじつ》の週末会議《しゅうまつかいぎ》できめたとおり、工場《こうじょう》の大《おお》そうじと機械《きかい》の総点検《そうてんけん》をしようと思《おも》う。」

しまねこや、ぶちもよう、茶《ちゃ》トラのねこたちを前《まえ》にして、作業服《さぎょうふく》を着《き》た三毛《みけ》ねこがぐるりとあたりを見《み》まわしました。あつまったねこたちのうしろには大《おお》きなミキサーや銀色《ぎんいろ》のベルトコンベアー、それにボタンがたくさんついた四《し》角《かく》い機械《きかい》などがみえます。かべの時計《とけい》は朝《あさ》の八時《じ》。どうやら朝礼《ちょうれい》のさいちゅうのようです。

「点検《てんけん》をするには空気《くうき》がからりとかわいていなければならないが、スノウ、きょうの空気《くうき》の乾燥具合《かんそうぐあい》はだいじょうぶかね？」

スノウとよばれたのはすらりとした白《しろ》ねこです。ひざまでのたけの白衣《はくい》を着《き》ています。

「はい工場長《こうじょうちょう》。週末《しゅうまつ》からずっと晴《は》れの日《ひ》がつづいていますし、きょうは機械《きかい》の点検《てんけん》をするのにうってつけの日《ひ》だと思《おも》います。」

「ほじくりだした土《つち》の乾燥《かんそう》ぐあいもちょうどいい数値《すうち》です。」

スノウのとなりに立《た》っている茶《ちゃ》トラのねこ、トラ助《すけ》もノートをぺらぺらとめくりながらいいました。やはり白衣《はくい》を着《き》ていて、むねのポケットには黒《くろ》いペンが何本《なんぼん》もささっています。

ここは町《まち》はずれの高台《たかだい》にたつ小《ちい》さな工場《こうじょう》です。ねこたちはここで町《まち》にふく風《かぜ》をつくっています。そよそよとふく春風《はるかぜ》、びゅるびゅるとふきつける真冬《まふゆ》の北風《きたかぜ》。三毛《みけ》ねこ工場長《こうじょうちょう》の指示《しじ》のもと、ねこたちはいろいろな風《かぜ》をつくっています。

いま、うしろのドアからそうっと入《はい》ってきて灰色《はいいろ》ねこのブラリの横《よこ》にちょこんとならんだのは、工場《こうじょう》でいちばん小《ちい》さな黒《くろ》ねこノロロです。ノロロはいつもちこくばかりしているのんびり屋《や》。ブラリはそんなノロロの黒《くろ》いしっぽを自分《じぶん》のしっぽでかるくたたいて、

「だめじゃないか。」

と、小《ちい》さな声《こえ》で注意《ちゅうい》しました。

「きょうは年《ねん》に一度《いちど》の大《おお》そうじの日《ひ》なんだぞ。ちこくしちゃいけないとあれほどいっておいたのに。」

ブラリのあきれ顔《がお》を見《み》て、ノロロはさらにからだを小《ちい》さくすぼめます。

「ごめんよ。ちゃんとしようと思《おも》っていたんだけど、どうしてもねむくて。あとすこし、あとすこしって思《おも》っていたら、もう朝礼《ちょうれい》がはじまる時間《じかん》だったんだ。」

ノロロのそんないいわけをかき消《け》すように、

「ゴホン、ゴホン。」

と、だれかがせきばらいをしました。茶色《ちゃいろ》くて大《おお》きなからだのハックです。ハックはどうしてもこの工場《こうじょう》ではたらきたくて、ねこのふりをして入社《にゅうしゃ》してきたのら犬《いぬ》です。風《かぜ》のもとをなべでぐつぐつにるときの、かきまぜ係《がかり》をたんとうしています。ねこの工場《こうじょう》に犬《いぬ》が入《はい》ってきたと知《し》ったときはみんなびっくりしましたが、いまでは工場《こうじょう》にかかせないだいじな一員《いちいん》。力《ちから》のいるしごとをよろこんでやってくれるやさしいハックは、ねこたちみんなの人気者《にんきもの》です。

風《かぜ》つくり工場《こうじょう》の大《おお》そうじは、社員《しゃいん》みんなでおこないます。しじゅうガタンガタン、ウインウイン、と大《おお》きな音《おと》をたててはたらいている風《かぜ》つくりの機械《きかい》も、この日《ひ》ばかりは大《おお》もとのスイッチが切《き》られ、ぴたんとつめたくしずかになります。

機械《きかい》には毎朝係《まいあさかかり》のねこが油《あぶら》をさしてまわっていますし、一日《にち》のさいごには、かならずみんなでぴかぴかにみがくのがきまりです。でも、機械《きかい》のめんどうを見《み》るにはそれだけではたりません。

「だいじにすればするほど、機械《きかい》っていうのはいいはたらきをしてくれるものだ。」

これは三毛《みけ》ねこ工場長《こうじょうちょう》の口《くち》ぐせです。

「ミキサーの刃《は》の刃《は》こぼれ、ベルトコンベアーのよごれやひっかききずなど、けっして見落《みお》とすことのないように。トラ助《すけ》、今回《こんかい》もたのむぞ。」

「はい、工場長《こうじょうちょう》。」

トラ助《すけ》は、毎年大《まいとしおお》そうじのときに機械《きかい》の分解《ぶんかい》の指示《しじ》をまかされています。ふだんは工場《こうじょう》の記録係《きろくがかり》。研究員《けんきゅういん》である白《しろ》ねこのスノウの助手《じょしゅ》として実験《じっけん》の記録《きろく》をとるのはもちろん、毎日《まいにち》の気温《きおん》や土《つち》の中《なか》の温度《おんど》など、ありとあらゆることをノートに記録《きろく》しています。ノートに書《か》くのは、トラ助《すけ》の家《いえ》に代々伝《だいだいつた》わるトラねこ文《も》字《じ》という暗号文字《あんごうもじ》です。数字《すうじ》のようなマークのようなふしぎな文字《もじ》で、トラ助《すけ》の家《いえ》のもの以外《いがい》は読《よ》むことができません。おじいさんからゆずりうけたペンと代々受《だいだいう》けつがれてきたノートは、だいじなトラ助《すけ》のたからもの。トラ助《すけ》はそのノートを見《み》ながら、

「じゃあ、つぎはここのねじをゆるめて。」

と、みんなに指示《しじ》を出《だ》すのです。

朝礼《ちょうれい》がおわると、すぐにしまねこのダンさんがおくから大《おお》きな銀色《ぎんいろ》のきゃたつをはこんできました。

「こいつはおれのだいじなあいぼうさ。」

ミキサーの横《よこ》にそれをどしんとたてると、

「さあトラ助《すけ》、はじめようじゃないか。」

と、手《て》をパンパンとはたきました。ダンさんは工場《こうじょう》に長《なが》くつとめている社員《しゃいん》のひとりです。風《かぜ》の材料《ざいりょう》をはかりできっちり計量《けいりょう》し、毎日《まいにち》大《おお》きなきゃたつのてっぺんにあがってそれをミキサーに投入《とうにゅう》しています。

風《かぜ》をつくるのには、季節《きせつ》の葉《は》っぱや花《はな》びらなどいろいろなものが必要《ひつよう》ですが、いちばんの原料《げんりょう》はわらい声《ごえ》のかけらです。人間《にんげん》の子《こ》どもやおとながわらったとき、それはころころころっと口《くち》もとからこぼれおちます。ガラスのようにとうめいで、お米《こめ》ほどの大《おお》きさからどんぐりくらいのものまでいろいろ。人間《にんげん》には

見《み》えませんが、ねこの目《め》にはよく見《み》えます。そういった風《かぜ》の材料《ざいりょう》をさらさらの粉《こな》にするのがミキサーです。ダンさんからのよびかけを受《う》けて、

「そうですね。ではミキサーの刃《は》の点検《てんけん》からはじめましょう。ねじを落《お》とさないようにゆっくりまわしてはずすんだ。」

トラ助《すけ》がノートを見《み》ながら指示《しじ》を出《だ》しました。

ミキサーの刃《は》はブーメラン型《がた》です。まずこの刃《は》をはずして点検《てんけん》します。つぎにミキサーのタンクの内側《うちがわ》に入《はい》ってひび割《わ》れがないかを確認《かくにん》します。それがおわるとタンクのみがきそうじです。ミキサーの内側《うちがわ》にのこったこまかな粉《こな》は、ほうっておくと連結部分《れんけつぶぶん》につまってしまいます。そうなるとミキサーががたがたっときゅうにとまってしまいますから、きちんとふきとることがだいじです。

小《ちい》さな黒《くろ》ねこノロロはひびチェックやみがきそうじに大《だい》かつやく。自分《じぶん》のからだの何倍《なんばい》もあるタンクの内側《うちがわ》で、指《ゆび》でさわってていねいにひびをさがし、点《てん》検《けん》がおわるとひざをついたりせのびをしたりしてすみからすみまでタンクをみ

がきあげていきます。タンクの外《そと》をみがきおえたほかのねこたちもじゅんにミキサーの中《なか》に入《はい》ってノロロをてつだってくれますが、どのねこたちもこのときばかりは、

「ノロロのやつ、よくあんなすみっこのこまかい粉《こな》を見《み》つけるな。」

「おれじゃあ、あんなせまいところには手《て》が入《はい》っていかないよ。」

と、かんしんしてくれます。ノロロはそのたびに、おなかをこちょこちょとくすぐられたような気《き》もちになるのでした。

さいごにタンクのすみっこをみんなでもう一度《いちど》確認《かくにん》します。前《まえ》にはみどり町《まち》にある林《はやし》さんの家《いえ》のインコの羽根《はね》が、ミキサーのすみにはさまっていたことがありました。林《はやし》さんの家《いえ》のインコというのは、このあたりではおしゃべりなことでたいへん有名《ゆうめい》です。ブラリなんて、

「あのときはたいへんだったぜ。じまん話《ばなし》や町《まち》のうわさをえんえんとしつづけるおしゃべりな風《かぜ》が、つぎからつぎへとできあがっちゃってさ。みんなさいごには耳《みみ》せんしたもんな。」

と、いまでもときどきこのときのことをノロロに話《はな》します。ノロロたちはこんなことのないように、今回《こんかい》もすみからすみまで確認《かくにん》しました。

ミキサー以外《いがい》の機械《きかい》も点検《てんけん》します。コンベアーには、さらさらになった風《かぜ》の材料《ざいりょう》に水《みず》をくわえてねんど状《じょう》にまとめる「こね機《き》」や、風《かぜ》のもとをおしたり切《き》っ

たりしてかたちを整《ととの》える「プレス機《き》」があります。どちらも大小《だいしょう》さまざまなボタンがついているじまんの機械《きかい》です。これらを点検《てんけん》してそうじをするのは、白《しろ》ねこのスノウと毎日《まいにち》機械《きかい》をうごかしている現場《げんば》のねこたち。スノウはきびきびと現場《げんば》をしきります。

「ボタンをおしてからプレス機《き》の針《はり》が反応《はんのう》するまでに何秒《なんびょう》かかる？」

ひとつひとつ現場《げんば》のねこたちにたずねていきます。

「ハンドルをうごかしたとおりに、こね機《き》

の腕《うで》はちゃんとうごいているかしら？　針《はり》のうごきはどう？」
聞《き》きながら、スノウは手《て》もちの表《ひょう》にどんどんチェックを入《い》れていきます。カットの長《なが》さをはかるものさしはまがっていないか、動作《どうさ》に不自然《ふしぜん》なところがないか、点検《てんけん》することは山《やま》のよう。

「いまのうごき、とちゅうでカクっとなっておかしかったわね。もう一度《いちど》うごかしてみて。」

　なめらかにうごかないところは何度《なんど》もチェックをかさねます。そうじをするのは機械《きかい》のうごきをすべて確認《かくにん》したこのあとです。ひとつひとつのねじをゆるめ、

スノウがしんちょうにカッターやハンドルをはずしていきます。ミキサーの刃《は》はブーメラン型《がた》ですが、プレス機《き》のカッターはまっすぐな直線型《ちょくせんがた》です。はずしたハンドルとレバーを洗《あら》い、ふだんは手《て》がとどかないところをみんなでみがきます。スノウは、すべてのねじと歯車《はぐるま》をふたつきのトレイにあつめ、

「部品《ぶひん》のみがきしごとは今回《こんかい》も内職《ないしょく》さんたちにおねがいしましょう。」

と、現場《げんば》のねこたちにつたえました。

内職《ないしょく》さんというのは、工場《こうじょう》には出勤《しゅっきん》せずに、自分《じぶん》の家《いえ》で風《かぜ》つくりのしごとをてつだっているねこたちのこと。さいきんでは、外《そと》に出《で》ずに家《いえ》の中《なか》だけですごすねこがふえてきています。三毛《みけ》ねこの工場長《こうじょうちょう》は、そういったねこたちをたずねて面接《めんせつ》をし、それぞれにしごとをおねがいしているのです。きょうのような日《ひ》はブラシで歯車《はぐるま》のほこりをはらってもらったり、ねじのひとつひとつにさび止《ど》めをぬってもらったりします。もちろん、小《ちい》さな部品《ぶひん》をあっちやこっちの内《ない》職《しょく》さんにふりわけるのは危険《きけん》です。どれがどこのねじだったかわからなくなっ

たらたいへんなこと。でもだいじょうぶです。すべてのねじと歯車《はぐるま》に番号《ばんごう》がつけられていますから。そしてその番号《ばんごう》とねじのかたち、どの部分《ぶぶん》のものなのかということも、すべてトラ助《すけ》のノートに記録《きろく》されています。

さて、ブーメラン型《がた》のミキサーの刃《は》がすこしはなれた場所《ばしょ》に準備《じゅんび》されると、

「そろそろわたしの出番《でばん》かな。」

と、白《しろ》いコック服《ふく》を着《き》たペロリさんがやってきました。小《ちい》さないすときれいな水《みず》も用意《ようい》されています。

「ペロリさん、おねがいします。」

きょうはすこし作業《さぎょう》がおくれていたため、スノウがあとからいそいでプレス機《き》のカッターをもってきました。ペロリさんのしごとはこのふたつの刃《は》を研《と》ぐことです。

「よし、今年《ことし》もまかせてくれよ。」

ペロリさんはしっかりいすにこしを落《お》として、ぐいっと腕《うで》まくりをしました。

ペロリさんは工場《こうじょう》の食堂《しょくどう》で毎日《まいにち》おいしいおひるごはんをつくってくれている料理長《りょうりちょう》です。食堂《しょくどう》では魚《さかな》のフライや海《うみ》の幸《さち》のポタージュなど毎日《まいにち》さまざまなメニューがならびますが、一年《ねん》に一度《いちど》の大《おお》そうじの日《ひ》だけは、メニューはカレーライスひとつになります。ペロリさんが刃《は》を研《と》ぐ作業《さぎょう》に集中《しゅうちゅう》できるようにするためです。

「カレーは朝早《あさはや》くにたっぷりしこんでおいたからね。あとはじっくりとカッターの刃《は》を研《と》がせてもらうよ。」

ペロリさんにかかると、どんなにつかいふるされた刃《は》もぴかんぴかん。いつも包丁研《ほうちょうと》ぎで腕《うで》をきたえていますから、なれたものです。

「いいかい。刃《は》を研《と》ぐには研《と》ぎ石《いし》と刃《は》のあたる、ここの角度《かくど》がなによりだいじだ。それからリズム。」

いそがしい中《なか》をぬってちょこちょこと見物《けんぶつ》にくる工場《こうじょう》のねこたちに、ペロリさんはとくいげに研《と》ぎかたをおしえます。でもとてもむずかしいので、なかなかペロリさんのつぎにつづくものが見《み》つかりません。

「しばらくはペロリさんにまかせるしかないだろうが、きみたちもいずれはできるようにならないといかん。」

三毛《みけ》ねこの工場長《こうじょうちょう》は毎回《まいかい》ねこたちにそう話《はな》します。

このように、すべての作業《さぎょう》は毎年《まいとし》おなじようにおこなわれます。けれどこの日《ひ》、いつもの大《おお》そうじとはちょっとちがうことがおきていました。カッターをしゃりんしゃりんと研《と》いでいるペロリさんのコック服《ふく》のむなもとに、小《ちい》さなねじがひとつ、ひっかかっていたのです。そのことに、

だれも気《き》づいていませんでした。八百七十七番《ばん》の小《ちい》さなねじ。プレス機《き》の直線《ちょくせん》型《がた》カッターをとめておくねじのひとつです。

もちろんスノウは、いつものようにしんちょうにカッターをはずしました。けれど、あつめたねじをじゃらりとトレイにうつしたときに、そのうちのひとつがカッターの上《うえ》にころりとこぼれ落《お》ちたのです。小《ちい》さなねじはそのままはこばれ、カッターを受《う》けとったペロリさんのポケットのふちにひっかかってしまいました。軽《かる》くて小《ちい》さなねじでしたから、ペロリさんも気《き》づきません。

みんないそがしくはたらいています。ノロロはミキサーのふたのうらがわをたんねんにふいているところでしたし、トラ助《すけ》はノートとにらめっこ。スノウは部品《ぶひん》の入《はい》ったトレイを手《て》にもって、工場長《こうじょうちょう》に内職《ないしょく》の手配《てはい》をおねがいしているところです。力《ちから》もちの灰色《はいいろ》ブラリと犬《いぬ》のハックは、朝《あさ》からのなべ底《ぞこ》みがきであせびっしょり。しまねこのダンさんは、じまんのはかりの針《はり》にくるいがないか、分銅《ふんどう》をつかって確認中《かくにんちゅう》です。小《ちい》さなねじはペロリさんのからだが前後《ぜんご》するたびにゆらゆらゆれて、いまにも落《お》ちてどこかにころがっていってしまいそうでした。

さて、午前中《ごぜんちゅう》の作業《さぎょう》のめどがつき、食堂《しょくどう》でペロリさんのおいしいカレーを食《た》べてゆっくりとおひる休憩《きゅうけい》をしたのち、ねこたちはまた午後《ごご》からの作業《さぎょう》に入《はい》ります。プロペラをお湯《ゆ》の中《なか》でじゃぶじゃぶこすったり、ほこりよけの四角《しかく》いフィルターを交換《こうかん》したり、あいかわらずしごとはたくさん。そこに内職《ないしょく》さんたちの手《て》によってきれいにみがかれた部品《ぶひん》がつぎつぎともどってくると、ねこたちはますますいそがしくなります。

ブラリとハックは、ぴかぴかにみがいたほうろうのなべをふたたびあせびっしょりでセットしますし、みんなで力《ちから》を合《あ》わせて、ベルトコンベアーの大《おお》きな歯車《はぐるま》もとりつけます。いつものようにミキサーの刃《は》のとりつけはダンさん、こね機《き》の組《く》み立《た》ては白《しろ》ねこのスノウのたんとうです。そして今年《ことし》、ひかくてきかんたんなプレス機《き》の組《く》み立《た》てには、ノロロにおしえられることになりました。

「ノロロにも、そろそろ責任《せきにん》のあるしごとをまかせてもいいと思《おも》うんです。」

そういって、ブラリが工場長《こうじょうちょう》にていあんしてくれたのです。

ノロロのふだんのしごとは風《かぜ》の材料《ざいりょう》あつめ。工場《こうじょう》では新入《しんい》りのねこがするしごとです。

「おまえ、まだ風《かぜ》の材料《ざいりょう》あつめから卒業《そつぎょう》してないの？」

そんなふうに、ノロロはほかのねこにときどきからかわれます。もっといろいろなことをしてみたいと、ノロロだっていつも思《おも》っているのです。でも工場《こうじょう》長《ちょう》はなかなかほかのしごとをまかせてくれません。きょうのような大《おお》そうじのときでも、ノロロがさせてもらえるのは、ミキサーのひびチェックとみがき作《さ》業《ぎょう》だけです。

「ノロロはからだが小《ちい》さいから、こまかいひびをしっかり見《み》つけることができる。ひびチェックには適任《てきにん》だ。けれどそのほかのしごとは、ノロロにはまだむずかしいんじゃないかね。」

工場長《こうじょうちょう》はいつもいいます。そして、

「なにより、ノロロはちこくやひるねばかりしているからな。まだまだほかのしごとはまかせられんよ。」

と、首《くび》をふるのです。けれどブラリが熱心《ねっしん》にていあんしてくれたおかげで、大《おお》そうじでは、とうとうプレス機《き》のカッターのとりつけをおしえてもらえることになりました。ねじや歯車《はぐるま》をさわれるなんて！　このことをブラリから聞《き》かされたとき、ノロロのむねはとくとくと鳴《な》りました。

「なのにきょうもちこくだなんて。この話《はなし》がだめになるんじゃないかとおいらひやひやしたぜ。」

朝礼《ちょうれい》のあと、ブラリにいわれたそんな声《こえ》も耳《みみ》に入《はい》ってこないほどでした。機械《きかい》の組《く》み立《た》て！　それはあこがれのしごとのひとつなのです。

ところが。

おひるの休憩《きゅうけい》で、ペロリさんのおいしいカレーをおなかいっぱいになるまで食《た》べたノロロ。まぶたがとろんとしてきて、どうにもねむくてたまりません。午前《ごぜん》ちゅう、いつもよりもずいぶんはりきってミキサーのそうじをし、ほどよくつかれていましたし、なにより、ごはんのあとのおひるねはノロロのとくいわざでしたから。そんなわけで、トラ助《すけ》がせっかくおしえてくれるカッターのとりつけ手順《てじゅん》も、右《みぎ》の耳《みみ》に入《はい》ってきてすぐ、左《ひだり》の耳《みみ》からひゅるうと外《そと》へぬけていってしまいます。

「ノロロ、カッターのとりあつかいはしんちょうにね。うっかりしたら、指《ゆび》を切《き》っちゃうことだってあるんだからね。」

トラ助《すけ》がつよめの声《こえ》でそういうときだけ、ノロロの目《め》はシャキンとさめて、

「うん、わかった。ぼく、だいじょうぶだよ。」

と、あわてていいます。

ノートとにらめっこのトラ助《すけ》はノロロの声《こえ》だけを聞《き》いていたので、まさかノ

ロロがうとうとしながら作業《さぎょう》をしているだなんて夢《ゆめ》にも思《おも》っていませんでした。プレス機《き》のカッターの刃《は》は、なんとかぶじにとりつけられました。いいえ、ほんとうは八百七十七番《ばん》のねじがないままで、がたがたでしたが、ねむくてしかたのないノロロです。そんなことには気《き》づきもしません。ほんとうだったら、ねじのひとつひとつをチェック表《ひょう》とてらしあわせながら、組《く》み立《た》てなければならないのです。こね機《き》のほうでは、スノウがペンでチェックを入《い》れながら組《く》み立《た》てています。とてもだいじなことです。でも、ノロロはチェック表《ひょう》を手《て》にもっているのがやっとなのでした。ねむくてねむくて、点検《てんけん》どころじゃないのです。

「ノロロ、一度《いちど》刃《は》をうごかしてみて。ちゃんと上下《じょうげ》にうごいているか、ガラスまどから見《み》てくれない？」

トラ助《すけ》にいわれて、ノロロはくっつきそうなまぶたを手《て》でこすりながら、あわててせのびをして、ガラスまどの中《なか》をのぞきます。スイッチを入《い》れても、カッターはちっともうごいてなんかいなかったのに、

「だいじょうぶ、ちゃんとうごいているみたいだけど。」

むにゃむにゃした声《こえ》に気《き》づかれないよう、ノロロはトラ助《すけ》に手《て》をあげて見《み》せました。それを見《み》て、あとの作業《さぎょう》もどんどんやってしまいたいトラ助《すけ》は、

「よし、いいみたいだね。それじゃあぼく、つぎの作業《さぎょう》に行《い》ってくるよ。」

と、ぱたんとノートをとじました。

トラ助《すけ》にはまだ、プロペラパイプの組《く》み立《た》ても、ベルトコンベアーの速度《そくど》調整《ちょうせい》ものこっています。それで、いまにもその場《ば》でおひるねをはじめてしま

いそうなノロロをふりかえることなく、さっさとつぎの現場《げんば》へむかってしまったのでした。

すべての組《く》み立《た》て作業《さぎょう》がおわったとき、時計《とけい》の針《はり》は六時《じ》をさしていました。工場長《こうじょうちょう》がほっとしたようすでいいます。

「うむ。きょうは一日《にち》みんなよくがんばってくれた。さいごにしけん運転《うんてん》の風《かぜ》をつくっておしまいにしよう。いつものようにしっぽの長《なが》さ十五センチほどの風《かぜ》でいいだろう。」

これはしけん運転《うんてん》のときによくつくる小《ちい》さな風《かぜ》です。そよそよとふきぬけるかろやかな風《かぜ》で、大《おお》そうじの日《ひ》はいつもこの風《かぜ》をつくっておわりになります。

けれどこのとき、いつもよりもずいぶん時間《じかん》をかけて、ハックのかきまぜるなべからあがってきた風《かぜ》は、しっぽの長《なが》さがとほうもなく長《なが》い、あばれんぼうの風《かぜ》だったのです。そりゃあそうです。しっぽの長《なが》さをきめるカッターは一度《いちど》

も下《した》におりなかったのですから。

　できあがったあばれんぼう風《かぜ》は吸《す》いとり式《しき》プロペラパイプを逆回転《ぎゃくかいてん》ではねのけて、びゅびゅびゅうとなべの上《うえ》からとびだしました。そして、ボフーと大《おお》きなうなり声《ごえ》をあげて、工場《こうじょう》じゅうのまどガラスをぱりんぱりんとつぎつぎわってまわりました。

　さすがのハックもそのしっぽをつかまえることのできない力《ちから》づよさとすばやさで、風《かぜ》はあばれまくったのです。機械《きかい》のねじというねじをぐりんぐりんとゆるめてまわり、

「しごとばはいつもきれいに気《き》もちよく」

だの、

「せいりせいとんたがいに声《こえ》がけ」

だのとかかれた工場《こうじょう》じゅうのかべのポスターを、ばりばりとはがしてまわりました。ねこたちはなにもできませんでした。

なによりもあんまりおどろいてあっけにとられていましたし、なんとかして風《かぜ》をつかまえなくちゃと思《おも》っても、とてもつかまえられるような風《かぜ》ではなかったのです。
小《ちい》さなノロロは風《かぜ》にひょいっとからだをかかえられ、あやうくミキサーの中《なか》に落《お》とされそうになりましたし、トラ助《すけ》のノートは風《かぜ》にとばされて銀色《ぎんいろ》のパイプにすいこまれそうになりました。ブラリの顔《かお》には風《かぜ》でとんできたポスターがなんまいもはりつき、はがしてもつぎからつぎにはりついてくるので、息《いき》ができなくなりそうだったほど。
ねこたちはそのたびに悲鳴《ひめい》をあげ、頭《あたま》をかかえます。割《わ》れてとんでくるガラスでけがをしないように、そして目《め》の中《なか》にごみやガラス片《へん》が入《はい》らないように、機械《きかい》のすみにまるまってぎゅっと目《め》をとじているのでせいいっぱいです。

やがてあばれんぼう風《かぜ》は割《わ》れたまどガラスのすきまを見《み》つけて、びゅびゅうっと外《そと》へ出《で》ていきました。丘《おか》をらんぼうにかけおりていく音《おと》がとおざかり、やっとしずかになってあたりを見《み》まわすと、どのねこたちもみんな、毛《け》がぼっさぼさになっていました。顔《かお》じゅうの毛《け》をさかだてて、まだこまかにふるえているねこもいます。工場《こうじょう》の床《ゆか》には割《わ》れたガラスがあっちにもこっちにもとびちって、ねじや歯車《はぐるま》もそっちこっちにころがっていました。それでねこたちは、あとかたづけをしなければなりませんでした。

「いったいどうしたというんだね。」

食堂《しょくどう》でふたたびカレーに火《ひ》を入《い》れていたペロリさんも、音《おと》を聞《き》きつけてあわてて作業棟《さぎょうとう》へかけつけます。どうしてこんなことになってしまったのか、わかりません。

「ふむ、わからん。原因《げんいん》がわかるまで、しばらく機械《きかい》をうごかすのはやめておこう。」

工場長《こうじょうちょう》も首《くび》をかしげるばかり。

「あんなにしっぽの長《なが》い風《かぜ》ができあがるなんておかしいじゃないか。刃《は》だってしっかりみがいてあるのに。」

そういうペロリさんの服《ふく》のむなもとに、もう小《ちい》さなねじはありません。ねこたちはみんなつかれていました。割《わ》れたガラスをかたづけ、ゆるんだねじをすべてきつくしめて時計《とけい》を見《み》ると、もう真夜中《まよなか》になっていました。

八百七十七番《ばん》の小《ちい》さなねじがなくなっていることに、さいしょに気《き》づいたのはトラ助《すけ》です。機械《きかい》の大《おお》そうじの指示《しじ》をだしていた責任者《せきにんしゃ》として、つぎの日《ひ》、トラ助《すけ》は朝《あさ》いちばんに出勤《しゅっきん》したのです。でも番号《ばんごう》がわかったところで、そのねじはどこにも見《み》あたりません。

「プレス機《き》のカッターのねじなんだ。あのときちんと組《く》み立《た》てたはずなんだけど。」

トラ助《すけ》からの報告《ほうこく》を聞《き》いて、スノウも、

「こまったわね。」

と肩《かた》を落《お》とします。ねじが見《み》つかるまで、もうあのカッターはつかえません。工場長《こうじょうちょう》はねこたちに、風《かぜ》のもとを手動《しゅどう》で切《き》るように指示《しじ》を出《だ》しました。

「しばらくはナイフで切《き》って対応《たいおう》するしかない。ねじはスノウに新《あたら》しくつくってもらう。」

工場長《こうじょうちょう》はかんたんにいいましたが、どちらもむずかしいことでした。もちろん風《かぜ》のもとを切《き》るのには、よく切《き》れるナイフをつかいます。でも、いざ風《かぜ》のもとにスパンと刃《は》を入《い》れようと思《おも》っても、刃《は》は、ぐにゅ、とにぶく入《はい》っていくだけで、直線《ちょくせん》カッターで切《き》ったようなきれいな切《き》り口《くち》にはなりません。あげくに、どんなにきちょうめんにものさしではかっても、ナイフのあつさのぶんだけみじかくなったり、切《き》り口《くち》がぐにゃりとのびたぶんだけ長《なが》くなってしまったりします。そんなわけで、できあがったのは、じめじめとしたむらのある風《かぜ》でした。

「なんだかしめっていて気《き》もち悪《わる》い風《かぜ》だなあ。見《み》てよ。標本《ひょうほん》のガラスびん、すぐにくもっちまった。」

むらさき色《いろ》にくもった標本《ひょうほん》びんを見《み》て、ブラリは顔《かお》をしかめました。

「長《なが》さをそろえてスパッと切《き》るってことが、だいじなのにさ。」

ブラリは風《かぜ》の標本《ひょうほん》をつくるのがしごとです。いままでにもいろいろな標本《ひょうほん》をつくってきましたが、こんなしめっぽい風《かぜ》ははじめて。じめじめとした風《かぜ》なんか、ねこたちはみんなすきじゃありません。

ねじを新《あたら》しくつくり直《なお》すのも、そうかんたんではありませんでした。ねじにはみぞがあり、そのみぞとねじあなのでっぱりをぴたりと合《あ》わせなければならないのです。

「すこし時間《じかん》がかかりそう。」

さすがのスノウも研究室《けんきゅうしつ》で頭《あたま》をかかえています。つかいこんだねじあなにぴたりと合《あ》うねじをつくるのは、たいへんなことです。朝《あさ》から何度《なんど》もねじ先《さき》をけずったりみがいたりとくりかえしながら、スノウは思《おも》わずため息《いき》をつきました。

「どうしてこんなことになっちゃったのかしらね。わたしたち、どこで部品《ぶひん》のチェックを見落《みお》としてしまったのかしら。」

トラ助《すけ》もおなじ気《き》もちです。あのとき、ノロロはたしかに、カッターはきちんとうごいているといいました。手《て》をあげてサインまでつくって見《み》せてくれたのです。

「点検《てんけん》はきちんとできていたはずなんだ。ノロロも……。」

トラ助《すけ》がそういいかけたときでした。研究室《けんきゅうしつ》のドアをトントンとノックする音《おと》がします。見《み》ると、小《ちい》さなノロロが立《た》っていました。

「やあノロロ、いまちょうどきみのことを話《はな》していたんだよ。確認《かくにん》したいことがあるんだ。」

トラ助《すけ》がノロロに部屋《へや》に入《はい》るようすすめると、ノロロはぶんぶんと首《くび》を横《よこ》にふっていいました。

「ぼく、トラ助《すけ》にいわなくちゃいけないことがあるんだ。それでね。」

ノロロの声《こえ》は小《ちい》さかったけれど、でも、ふしぎにいつもよりもずっとよく聞《き》こえる声《こえ》です。

「それでね、ぼく、みんなにあやまらなくっちゃいけないんだ。」

ノロロにはわかっていました。こんなことになったのは自分《じぶん》のせいだってこと。大切《たいせつ》なしごとを、いねむりをしながらやってしまったのです。そのうえそまでついてしまいました。けさ、ノロロも早起《はやお》きをして、あの小《ちい》さなねじを工場《こうじょう》じゅうくまなくさがしてまわったのです。プレス機《き》の内側《うちがわ》やベルトコンベアーの下《した》や横《よこ》、工場《こうじょう》の床《ゆか》のすみというすみをはいつくばってさがしました。でも、ねじはどこにも見《み》つかりませんでした。目《め》をくっととじながら、きのうのことを思《おも》いきってぜんぶふたりに話《はな》すと、スノウはすぐに、

「とんでもないことだわ。」

と、ゆっくり首《くび》をふりました。

「わかっていると思《おも》うけど、ひとりでも無責任《むせきにん》な気《き》もちになってはいけないのよ。それがしごとよ。」

スノウはやっとひらいたノロロの目《め》をまっすぐ見《み》ていいました。トラ助《すけ》は、となりでなにもいわずに立《た》っていました。とてもかなしそうな顔《かお》でした。そして、

「ブラリが知《し》ったら、どんなふうに思《おも》うかな。」

といったのでした。

いつもノロロのことを弟《おとうと》のようにかわいがってくれるブラリです。今回《こんかい》だって、ノロロにもっとしごとのたのしさを知《し》ってもらいたいと思《おも》って、数日前《すうじつまえ》から工場長《こうじょうちょう》をせっとくしてくれていたのに。ノロロはこのまま消《き》えてしまいたい

気《き》もちになりました。

「でも、ノロロだけの責任《せきにん》じゃないわね。わたしだってあのねじをあつかったんだもの。わたしも、きちんとしたしごとができていなかったということよ。」

「ぼくもだよ。」

トラ助《すけ》も肩《かた》を落《お》とします。それを見《み》て、

「すんでしまったことを考《かんが》えてもしかたがないわ。さあ、おひるごはんにしましょう。そしてまた、午後《ごご》からそれぞれのことをがんばりましょう。」

スノウがノロロとトラ助《すけ》の肩《かた》をぽん、ぽん、とたたきました。

食堂《しょくどう》はあいかわらずいいにおいです。小魚《こざかな》のだしの香《かお》り、クリームでにた海《うみ》の幸《さち》のやわらかなにおい、それにコトコトとなべのふたがうごく、かろやかな音《おと》がしています。けれどきのうからのつかれもあって、ねこたちはみんなことばもすくなく、それぞれ小《ちい》さく肩《かた》をまるめていました。

「ふむ。きのうはカレーしかなかったがね、きょうはみんなのすきな魚《さかな》のフライ定食《ていしょく》もあるよ。」

みんなを元気《げんき》づけようと、ペロリさんがひとりひとりに声《こえ》をかけます。ノロロは食堂《しょくどう》のいすにちょこんとこしをかけました。おひるごはんを食《た》べる気《き》にはなれません。

作業棟《さぎょうとう》からきたハックが、となりで熱々《あつあつ》のグラタンを食《た》べはじめました。

「ペロリさんのグラタン、きょうはいちだんとおいしいよ。ねえノロロ、こんなときはおいしいものをいっぱい食《た》べて、元気《げんき》を出《だ》そうよ。」

ハックがすすめてくれますが、ノロロはしょんぼりと首《くび》をふるばかり。うつむいて、自分《じぶん》の足先《あしさき》ばかり見《み》ています。しかたなくハックはひとりでだまってグラタンを食《た》べます。それを見《み》て、

「ふむ。ノロロの元気《げんき》がないんじゃ、こまったなあ。」

カウンターの中《なか》から、ペロリさんが心配《しんぱい》そうに声《こえ》をかけました。

「ハックのいうとおり、こういうときこそ、しっかり食《た》べなきゃいけないのだが。」

ペロリさんはそういって、それからふと厨房《ちゅうぼう》のおくをふりかえり、

「そうだそうだ。」

と、小《ちい》さく手《て》を打《う》ちました。

「ノロロにはこれがあったじゃないか。」

ペロリさんは一度《いちど》おくにひっこむと、コンロにかかっていたカレーなべのふたを、ひょいっともちあげてみせました。

「ノロロは二日目《ふつかめ》のカレーが大《だい》すきだったね。昨夜《さくや》も火《ひ》を入《い》れて、よくにこんでおいたんだよ。」

ふたをあけたなべから白《しろ》いゆげとふくざつなスパイスの香《かお》りが立《た》ちあがります。

「食《た》べるかい？」

ペロリさんはそういって、ノロロのおさらに真《ま》っ白《しろ》なごはんをふんわりよそってくれました。そしてその上《うえ》にカレーをたっぷりかけてくれました。時間《じかん》をかけてよくにこんだカレーです。どのお野菜《やさい》のかどもまあるくなって、ペロリさんがお玉《たま》をうごかすたびに、魚《さかな》や貝《かい》のこっくりとした香《かお》りがつよくしっかり立《た》ちのぼります。

熱々《あつあつ》の白《しろ》いゆげのあがったカレーライスが目《め》の前《まえ》にトン、と置《お》かれると、ノロロの鼻《はな》は思《おも》わずひくひくとうごきました。ノロロは、ふううふううとえんりょぎみに小《ちい》さな息《いき》をふきかけながら、ゆっくりゆっくり、食《た》べはじめました。ノロロにはすこし大《おお》きすぎる銀色《ぎんいろ》のスプーンで、つやつや熱々《あつあつ》のカレーをすくってゆっくり食《た》べます。もちろん熱《あつ》いのは苦手《にがて》ですが、ペロリさんのカレーをこうしてのんびりと食《た》べるのが、ノロロは大《だい》すきなのでした。カレーはなんていったって二日目《ふつかめ》に食《た》べるのがいちばんです。

「うん、おいしい。」

だんだん元気《げんき》が出《で》てきたようす。ノロロはうっとりとした顔《かお》になって、何口《なんくち》目《め》かを口《くち》にはこびました。そのときです。口《くち》の中《なか》で、なにかががりっと小《ちい》さな音《おと》をたてました。

「あれ？」

小《ちい》さくてかたいなにかの骨《ほね》のようなかけらです。貝《かい》のからでしょうか。ノロロは、あわてて手《て》のひらの上《うえ》に出《だ》しました。それは銀色《ぎんいろ》のようでした。平《ひら》たくうすいかさがあって、みじかいでっぱりが出《で》ています。

「あれ？　ひょっとしてこれ、ねじかなぁ。」

あわててトラ助《すけ》がとんできました。ノロロの手《て》からそれを受《う》けとると、トラ助《すけ》は目《め》をこらして、小《ちい》さくきざまれている番号《ばんごう》を読《よ》みあげました。

「八、七、七。見《み》て、八百七十七番《ばん》って書《か》いてある！

プレス機《き》の記号《きごう》も、ほら、ここに！　スノウ、見《み》て！　ねじだよ！　ねじが見《み》つかったよ！」

トラ助《すけ》の大《おお》きな声《こえ》に、スノウもおどろいてかけよりました。

「まあほんとう。このぜつみょうなねじ山《やま》のけずれぐあい。これだわ、これこれ！」

食堂《しょくどう》じゅうのねこたちが、みんな、ほおっと大《おお》きな息《いき》をつきました。

「よかったねえ。」

「うん、よかった、よかった。」

あっちでもこっちでも、うれしそうな声《こえ》があがりました。工場《こうじょう》のねこたちみんな、ほっと安心《あんしん》したのです。

あのときペロリさんのむなもとについていた小《ちい》さなねじは、食堂《しょくどう》に帰《かえ》ったペロリさんがカレーなべの中《なか》をのぞきこんだりかきまぜたりしているうちに、ひとりでにころりとなべの中《なか》へこぼれ落《お》ちたのでした。それがつぎの日《ひ》、ノロロ

のお皿《さら》に入《はい》ったのです。ノロロがゆっくりとカレーを食《た》べていたのはさいわいでした。もし大《おお》きな口《くち》をあけてほおばっていたら、きっといまごろだれにも見《み》つかることなくおなかの中《なか》にころがっていたことでしょう。

小《ちい》さなねじはきれいにみがかれ、ぶじ、プレス機《き》のカッターにとりつけられました。こんどはノロロがひとりでカッターをとりつけたのです。トラ助《すけ》はノロロのそばでその作業《さぎょう》を見守《みまも》りました。ノロロはひとつひとつたしかめながら、全身《ぜんしん》の力《ちから》を入《い》れてきゅいっ、きゅいっ、とねじをしっかりしめましたから、カッターは上下《じょうげ》にスパンスパンとよくうごき、しけん運転《うんてん》でも質《しつ》のよい風《かぜ》をつくってみせてくれました。

つぎの日《ひ》、工場《こうじょう》のねこたちがつくったのは、こんな風《かぜ》です。

「夏《なつ》のはじめによくつくるレモン色《いろ》の風《かぜ》・しっぽの長《なが》さ、五十センチ・せんたくものがすぐかわく風《かぜ》・ひゅうるりひゅるり」

いつも以上《いじょう》に切《き》れ味《あじ》のあがったカッターのおかげで、からっとしたさわやかな風《かぜ》になりました。

「でもさ、すこし、カレーのにおいがのこっているよね。」

鼻《はな》のよくきくハックだけが、そんなことをいっていましたが。

さてこのあと、トラ助《すけ》といっしょに工場長《こうじょうちょう》の部屋《へや》をおとずれたノロロは、一時間以上《じかんいじょう》もたっぷりと工場長《こうじょうちょう》におこられました。工場長《こうじょうちょう》の顔《かお》は、それはもうおにのように真《ま》っ赤《か》になって、

耳《みみ》は空《そら》からふとい糸《いと》で
ひっぱられて
いるかのように
ぴいんと張《は》って、
声《こえ》ときたら、おなかの底《そこ》から
もっくもっくとわきあがってくるようでした。

「さすがのおいらもあんなにおこった工場長《こうじょうちょう》は見《み》たことないぜ。」

と、あとになってブラリがにやにやしていったほどです。

ノロロはいま工場《こうじょう》のだれよりも朝早《あさはや》く出勤《しゅっきん》し、毎日《まいにち》作《さ》業棟《ぎょうとう》のはきそうじをしています。ときどきスノウも手《て》つだってくれます。そして、

「ノロロったら、すっかり早起《はやお》きになったじゃない。」

と、目《め》をまんまるくしてほめてくれます。スノウがほめてくれるたび、ノロロは自分《じぶん》の背《せ》がほうきよりぐうんとのびたような気《き》がするからふしぎです。

いまもときどき風《かぜ》が大《おお》きな音《おと》を立《た》ててつよくふくことがありますが、それは、工場《こうじょう》の割《わ》れたまどから出《で》ていったあのあばれんぼう風《かぜ》なのかもしれません。そんなとき、ねこたちは耳《みみ》をさんかくにとがらせて、足早《あしばや》にそこからにげるようにしています。もう二度《にど》と、あの風《かぜ》に会《あ》いたくありませんからね。

工場見学《こうじょうけんがく》のお客《きゃく》さま

きょうはほかの町《まち》から、工場見《こうじょうけん》学《がく》のお客《きゃく》さまがやってくることになっています。

三毛《みけ》ねこの工場長《こうじょうちょう》からは、いつも通《どお》りに作業《さぎょう》をすすめるようにといわれましたが、工場《こうじょう》のねこたちは朝《あさ》からそわそわ落《お》ちつきません。工場《こうじょう》にだれかが見学《けんがく》にくるなんて、はじめてのことです。

「ねえ、どんなねこたちがくるのかな。」

ノロロがそわそわしてブラリに聞《き》くと、

「さあね。」

ブラリも首《くび》をかしげました。

「なんでも手紙《てがみ》で見学《けんがく》の申《もう》しこみがあったって話《はなし》だよ。さあさあ、ノロロは材《ざい》料《りょう》あつめに行《い》ってきな。おいらもさっさとまるタンクのそうじをやっちまおう。」

ブラリのしごとは風《かぜ》の標本《ひょうほん》づくりですが、もうひとつ、まるタンクのそうじというしごともあります。これはその日《ひ》の風《かぜ》ができあがるまでに、ブラリがやっておかなければならないしごとです。ブラリはえいっとブラシをかつぎ、ノロロもそれにうながされて、しぶしぶ工場《こうじょう》の外《そと》へ出《で》ていきました。

（だけど材料《ざいりょう》あつめをするのは、公園《こうえん》のベンチでおひるねをしてからにしようっと。さいきんあの公園《こうえん》はキンモクセイのいいにおいがしているんだもの。）

ノロロの頭《あたま》の中《なか》はもうおひるねのことでいっぱいです。

工場見学《こうじょうけんがく》の申《もう》しこみの手紙《てがみ》がポストに入《はい》っていたのは数日前《すうじつまえ》です。

三毛《みけ》ねこ工場長《こうじょうちょう》さんのところは、つねにいい風《かぜ》をつくっていらっしゃいます。
わたしどもの風《かぜ》つくり工場《こうじょう》ではいつもうわさになっております。ぜひ現場《げんば》を見《けん》学《がく》させていただけないでしょうか。

かりかりした黒《くろ》い水性《すいせい》インクの文字《もじ》でそう書《か》かれてありました。差出人《さしだしにん》のところには、

「東森風《ひがしもりかぜ》つくり工場《こうじょう》　工場長《こうじょうちょう》　東森黒太郎《ひがしもりくろたろう》」

というサイン。

はじめて聞《き》く名前《なまえ》です。このあたりの風《かぜ》つくり工《こう》場《じょう》がそろって参加《さんか》する「地域安全安心会議《ちいきあんぜんあんしんかいぎ》」でも、こんな名前《なまえ》の工場《こうじょう》が出席《しゅっせき》しているのを聞《き》いたおぼえがありません。けれど手紙《てがみ》によれば、見学《けんがく》したことを自分《じぶん》たちの風《かぜ》つくり工場《こうじょう》に活《い》かしたいとのこと。地域《ちいき》の役《やく》に立《た》てるのならばと、工場長《こうじょうちょう》はこころよく、すぐにかんげいの返事《へんじ》を出《だ》しました。

やってきたのは、みな、こがらな黒《くろ》いねこたちでした。青《あお》い上着《うわぎ》のねこもいれば、作業服《さぎょうふく》のねこもいます。

「はじめまして。きょうは一日《にち》おせわになります。」

東森《ひがしもり》の工場長《こうじょうちょう》がていねいに手《て》をさしのべます。

「いやあどうもどうも。ようこそいらっしゃいました。」

あくしゅをおえると、三毛《みけ》ねこの工場長《こうじょうちょう》は大《おお》きくうなずきながらいいました。

「東森《ひがしもり》というと、丘《おか》の向《む》こうの森《もり》あたりでしたな？　ほほう、あのあたりは黒《くろ》ねこが多《おお》いのですね？」

それを聞《き》いて、東森《ひがしもり》の工場長《こうじょうちょう》はゴホンゴホンとせきばらいをしていいました。

「わたしどものところは小《ちい》さな工場《こうじょう》でして、家族《かぞく》やとおい親《しん》せきなどをあつめてやっておるのです。きょうは現場《げんば》の作業員《さぎょういん》のほか、研究員数名《けんきゅういんすうめい》を連《つ》れてまいりました。さすがにスノウさんにはおよびませんが、いまみんなで力《ちから》を合《あ》わせて、風《かぜ》つくりの研究《けんきゅう》をしております。はずかしながらわたしどもの工場《こうじょう》はまだできたばかりでして。それでこうしてゆうしゅうなあなたさまの工場《こうじょう》を見学《けんがく》させていただこうと思《おも》いましてね。」

東森《ひがしもり》の工場長《こうじょうちょう》は上着《うわぎ》のポケットからハンカチを出《だ》し、あせをふきふきいいました。きんちょうしているのかもしれません。

「そうでしたか。まだ新《あたら》しい工場《こうじょう》なのですね。でしたらなにかお役《やく》に立《た》てればよいのですが。」

三毛《みけ》ねこの工場長《こうじょうちょう》は失礼《しつれい》のないようにいいました。東森《ひがしもり》のあたりに新《あたら》しい風《かぜ》つくり工場《こうじょう》ができたなら、これからはここでつくる風《かぜ》の量《りょう》もいまよりすくなくてすむようになるでしょう。工場長《こうじょうちょう》はつねづね、たくさんの風《かぜ》をつくるより、町《まち》の人《ひと》たちによろこばれる質《しつ》のいい風《かぜ》をつくりたいと思《おも》っていました。ちかくの工場《こうじょう》と協力《きょうりょく》しあって町《まち》の風《かぜ》をつくっていくことは、この工場《こうじょう》にとってもよいことです。

「それではさっそく。」

工場長《こうじょうちょう》はそういって、まずは大《おお》きな作業棟《さぎょうとう》へ東森《ひがしもり》のねこたちを案内《あんない》しました。作業棟《さぎょうとう》はぎざぎざ屋根《やね》の三階建《かいだ》てです。ノロロたち材料《ざいりょう》あつめのねこたちは、町《まち》からわらい声《ごえ》のかけらなどをひろってくると、まずこの三階《かい》の貯蔵庫《ちょぞうこ》にはこぶことになっています。

「ここがいちばん気温《きおん》の安定《あんてい》した場所《ばしょ》なのです。貯蔵庫《ちょぞうこ》をごらんになりますかな？」

工場長《こうじょうちょう》が聞《き》くと、黒《くろ》ねこたちは、

「ぜひぜひ、おねがいします。」

と、頭《あたま》をさげました。しごと熱心《ねっしん》なねこたちのようです。三階《かい》の貯蔵庫《ちょぞうこ》には、外階段《そとかいだん》からあがります。

「階段《かいだん》なんてめんどうですね。いっそとんでしまえばいいのに。」

東森《ひがしもり》の研究員《けんきゅういん》のだれかが長《なが》い階段《かいだん》に思《おも》わずそうこぼしたのですが、工場長《こうじょうちょう》はその声《こえ》に気《き》づきませんでした。東森《ひがしもり》の工場長《こうじょうちょう》がいろいろなことを聞《き》いてくるので、答《こた》えるのにいそがしかったからです。

「みなさんはわらい声《ごえ》のかけらを町中《まちなか》でひろってくるので？」

「ええ、そうです。」

「わらい声《ごえ》のかけらのほかに、どんなものを材料《ざいりょう》になさるので？　ええと、たとえばつよい風《かぜ》をつくりたいときには、どんな？」

「そうですねえ、風《かぜ》に入《い》れるものは葉《は》っぱだとか、季節《きせつ》の花《はな》びらだとか、なんだっていいのです。つよい風《かぜ》ですか？　うちではあまりつくらない風《かぜ》ですなあ。でも、そういうことでしたら、うちのスノウに聞《き》くのがいちばんです。きっといいヒントをくれるでしょう。スノウは毎年新《まいとしあたら》しい風《かぜ》のレシピを発表《はっぴょう》しているのですよ。定期的《ていきてき》に学会《がっかい》がありましてね。」

工場長《こうじょうちょう》はていねいに答《こた》えます。東森《ひがしもり》の工場長《こうじょうちょう》も熱心《ねっしん》です。

「学会《がっかい》にはわたしたちも参加《さんか》できるので？」

「もちろんですとも。こんど紹介状《しょうかいじょう》を書《か》きましょう。」

学会《がっかい》は年《ねん》に一度《いちど》ひらかれています。工場長《こうじょうちょう》だけが参加《さんか》する地域《ちいき》の安全安心会《あんぜんあんしんかい》議《ぎ》とはちがい、学会《がっかい》は工場《こうじょう》の研究員《けんきゅういん》が参加《さんか》する勉強会《べんきょうかい》のようなものです。おたがいの風《かぜ》のレシピを交換《こうかん》したり、新《あたら》しい発見《はっけん》についての論文《ろんぶん》を発表《はっぴょう》したりします。

「それはたすかります。学会《がっかい》ではつよい風《かぜ》のつくりかたなども発表《はっぴょう》されるのでしょうなあ。」

「そうですね。つよくふく風《かぜ》やうずまきの風《かぜ》については、毎年《まいとし》どこかの工場《こうじょう》の研究員《けんきゅういん》が発表《はっぴょう》しますよ。やはり、まだわかっていないことが多《おお》いのでね。」

工場長《こうじょうちょう》は大《おお》きなおなかですから、話《はなし》をつづけながら階段《かいだん》をのぼると息切《いきぎ》れがします。でも質問《しつもん》がつぎつぎにとんでくるので、工場長《こうじょうちょう》はそのひとつひとつに大《おお》きな声《こえ》で答《こた》えました。階段《かいだん》の上《うえ》にはドアがあり、そのドアをあけると貯蔵庫《ちょぞうこ》です。材料《ざいりょう》あつめのねこたちは、日中町《にっちゅうまち》に出《で》てわらい声《ごえ》のかけらなどをさがしまわっているので、ここにはいま、だれもいません。たなにはガラスのびんや、ぴっちりとふたのしまる保存《ほぞん》びんがいくつもならんでいます。とりわけ大《おお》きなサイズのガラスつぼがたなの前《まえ》に三つならんでおり、中《なか》にはわらい声《ごえ》のかけら

がざらざらと入《い》れられていました。

「見《み》てください。わらい声《ごえ》のかけらはこんなふうにしまっています。手《て》があいたときにこれを大《おお》きさべつにわけておきます。こういうことがだいじです。」

工場長《こうじょうちょう》の説明《せつめい》に、東森《ひがしもり》の黒《くろ》ねこたちは、それぞれ、

「ほほう。」

だの、

「なるほど。」

だのと答《こた》えます。

そうやって工場長《こうじょうちょう》の話《はなし》をふんふ

んと聞《き》きながら、黒《くろ》ねこたちは貯蔵庫《ちょぞうこ》のおくまでどんどん足《あし》をふみいれていきます。そこには葉《は》っぱや花《はな》びらが入《はい》ったびんがいくつもならんでいるのでした。

「ふんふん。これは花《はな》の種《たね》ですね。種類《しゅるい》べつにわけているのでしょうか。こういうことはわたしたちもとくいそうだ。」

そういったねこもいましたし、

「ビニールひもや針金《はりがね》などはないみたいですね。そういうものは風《かぜ》の材料《ざいりょう》にはならないのですか？　わたしたちは、そういうものをあつめるのがすきなもので。」

と、工場長《こうじょうちょう》にさらに質問《しつもん》するねこもいました。そのたびに工場長《こうじょうちょう》は、

「花《はな》の種《たね》の分類《ぶんるい》はむずかしい作業《さぎょう》です。それがとくいなんてすばらしい。」

とおどろいたり、

「ほほう。ビニールひもや針金《はりがね》をあつめるのがおすきとはめずらしいですなあ。そうですねえ。うちではどちらもためしてみたことがありませんが、ミキサー

に入《い》れてさらさらの粉《こな》にしてしまえば、スパイスとしてつかえるかもしれません。まあ、そういうことはそれぞれの工場《こうじょう》で考《かんが》えていけばよいのです。」

と答《こた》えたりします。

(それにしても針金《はりがね》とは。)

ふしぎに思《おも》いながらも、工場長《こうじょうちょう》は、熱《ねっ》心《しん》な東森《ひがしもり》のねこたちにかんしんするばかりでした。

なかでも黒《くろ》ねこたちが興味《きょうみ》をしめしたのは、作業棟《さぎょうとう》の一階《かい》にある風《かぜ》つくりの機《き》械《かい》です。大《おお》きなミキサーや長《なが》いベルトコンベアーのいちいちにかんしんし、ボタ

ンのついている機械《きかい》の前《まえ》では、工場《こうじょう》のねこたちが色《いろ》とりどりのボタンをそうさするのをのびあがって見学《けんがく》しました。

「その日《ひ》つくる風《かぜ》のレシピに合《あ》わせて、すべての材料《ざいりょう》はミリグラムまできっちり計量《けいりょう》してミキサーに投入《とうにゅう》しています。機械《きかい》のハンドルさばきもだいじです。工場《こうじょう》には長年《ながねん》はたらいてくれている社《しゃ》員《いん》がおりましてね。そういう社員《しゃいん》はわが工場《こうじょう》の財産《ざいさん》です。おやおや、ボタンのそうさは集中力《しゅうちゅうりょく》がひつようなしごとですからな、そんなちかくに行《い》ってのぞいたりしてはいけませんよ。」

黒《くろ》ねこたちがあんまりのびあがってのぞこうとするので、工場長《こうじょうちょう》はすこしあわてていいました。機械《きかい》をそうさする社員《しゃいん》たちの気《き》がちってしまっては、たいへんです。なにしろこれで風《かぜ》の色《いろ》や温度《おんど》がきまるのですから。

「こちらは風《かぜ》のしっぽの長《なが》さをきめるプレス機《き》です。ガラスまどはとくべつに注文《ちゅうもん》したものでしてね。中《なか》をのぞけるようになっています。え？　カッターですか？　もちろん、カッターの刃《は》はとても性能《せいのう》のいいものをつかっています。材質《ざいしつ》にこだわることがだいじです。カッターの切《き》れ味《あじ》は、風《かぜ》の質《しつ》に大《おお》きくえいきょうしますからな。」

東森《ひがしもり》のねこたちからは、機械《きかい》のそうさのことや内蔵《ないぞう》カッターのことなど、たくさんの質問《しつもん》がとんできます。なかには、どうしてもといって機械《きかい》のボタンに手《て》をのばそうとするねこもいましたし、ハックがもたりもたりとかきまぜているほうろうのなべのところへ、ずんずんと勝手《かって》にあがろうとするねこもいました。

「おっと。できあがる前《まえ》の風《かぜ》のようすは、あとで図《ず》かなにかにして説明《せつめい》しましょう。ごぞんじのとおり風《かぜ》っていうものはデリケートなものですからな。風《かぜ》ができあがる瞬間《しゅんかん》は、製造過程《せいぞうかてい》の中《なか》でもいちばん神経《しんけい》をつかうところです。どうかしずかに見守《みまも》っていただきたい。」

すこしつよくなった工場長《こうじょうちょう》の声《こえ》を聞《き》いて、東森《ひがしもり》の工場長《こうじょうちょう》は、

「いやはやまったくそのとおりで。たいへんな失礼《しつれい》をした。つい勉強《べんきょう》にむちゅうになってしまいました。」

と、あせを何度《なんど》もふきました。それからそのあと、

「学会《がっかい》の紹介状《しょうかいじょう》のほう、どうかよろしくおねがいします。」

と、あわててつけくわえたのでした。

作業棟《さぎょうとう》ではたらくねこたちは、いつもとちがって工場長《こうじょうちょう》はちかくにいるし、見学《けんがく》のねこたちにはずいぶんじろじろと見《み》られるしで、きんちょうしながらの作業《さぎょう》です。あんまり勝手《かって》がちがうので、はかりの目盛《めも》りに集中《しゅうちゅう》できなかったり、

ボタンのそうさをまちがえてしまったりします。それでも東森《ひがしもり》の工場長《こうじょうちょう》は目《め》を細《ほそ》めていいました。

「ほう。さすがどのかたもゆうしゅうな社員《しゃいん》さんばかり。」

そんなことをいわれて、工場長《こうじょうちょう》もつい説明《せつめい》に力《ちから》が入《はい》ります。

「ベルトコンベアーには社員《しゃいん》が毎朝《まいあさ》油《あぶら》をさしています。一日《にち》の作業《さぎょう》がおわったらきれいにみがくことも大切《たいせつ》です。年《ねん》に一度《いちど》は、すべて分解《ぶんかい》して大《おお》そうじをおこなっているんですよ。機械《きかい》はめんどうを見《み》れば見《み》るほど、いいしごとをしてくれます。」

東森《ひがしもり》のねこたちはみんな、なるほど、とうなずきました。

「修理《しゅうり》やそうじもご自分《じぶん》たちで？」

質問《しつもん》に、工場長《こうじょうちょう》はつづけます。

「もちろんです。機械《きかい》の修理《しゅうり》や点検《てんけん》は、トラ助《すけ》のたんとうです。トラ助《すけ》のひいおじいさんがまとめた古《ふる》いノートがありましてね。それには機械《きかい》のとりあつかいがすべて書《か》かれています。」

「ほう。トラ助《すけ》さんのノート。」

黒《くろ》ねこたち全員《ぜんいん》の、青《あお》や金色《きんいろ》のまるい目《め》が、いっせいに工場長《こうじょうちょう》にあつまりました。

「ええ、トラ助《すけ》というのはスノウの助手《じょしゅ》をやっているものでして。機械《きかい》のことは、そのノートとトラ助《すけ》がたよりです。」

すると黒《くろ》ねこたちはみんないっせいに、ふんふん、とうなずきました。

「トラ助《すけ》さんのことならよく知《し》っていますよ。だいじなノートをおもちなのですよね？　それにはスノウさんの研究《けんきゅう》のことがすべてこまかく記録《きろく》してあるとか。そうですか、機械《きかい》のとりあつかいについても書《か》かれているとは。」

「おや、トラ助《すけ》のことをご存《ぞん》じでしたか。」

工場長《こうじょうちょう》はトラ助《すけ》の記録《きろく》ノートは現在《げんざい》もう七冊目《さつめ》であること、トラ助《すけ》の家系《かけい》はみなこの工場《こうじょう》で記録係《きろくがかり》をつとめていて、トラ助《すけ》はもうその数代目《すうだいめ》なのだということを話《はな》しました。

「記録《きろく》というのは、のちのちの研究《けんきゅう》にたいへん役《やく》に立《た》つものです。みなさんの工場《こうじょう》でも記録係《きろくがかり》というのはぜひ置《お》いたほうがいい。いままでだってトラ助《すけ》の記《き》録《ろく》のおかげで工場《こうじょう》が何度《なんど》たすけられてきたことか。」

工場長《こうじょうちょう》のことばを聞《き》いて、東森《ひがしもり》のねこたちはふんふんとうなずきます。

「そんなだいじなノート、さぞ厳重《げんじゅう》に保管《ほかん》していらっしゃるんでしょう。なにしろ機械《きかい》のいろいろも書《か》いてあるということだし。きっと風《かぜ》のレシピもたくさん記録《きろく》されているのでしょうなあ。ほら、たとえばつよい風《かぜ》のつくりかたなんかね。いやいや、そんなゆうしゅうな社員《しゃいん》さんがいらっしゃるのも、三毛《みけ》ねこ工場長《こうじょうちょう》さんがごりっぱだからです。まことにうらやましい。」

「そんなことはないですが。」

工場長《こうじょうちょう》はいそいで首《くび》をふり、それからすこしつけくわえました。

「ノートはトラ助《すけ》がすべて保管《ほかん》しています。研究棟《けんきゅうとう》にでも置《お》いてあるんでしょう。よろしければそちらにもあとでご案内《あんない》しますよ。さすがにノートの中《なか》をお見《み》せするわけにはいきませんがね。」

トラ助《すけ》のノートは、トラねこ文字《もじ》という暗号文字《あんごうもじ》で書《か》かれています。おかしな文字《もじ》や記号《きごう》がびっしりならんでいるようにしか見《み》えませんから、黒《くろ》ねこたちに見《み》せても、きっとなんて書《か》いてあるのかわからないでしょう。けれどトラ助《すけ》のノートには工場《こうじょう》のひみつがたくさん書《か》かれているのです。中《なか》を見《み》せるわけにはいきません。

「なんでもトラ助《すけ》が書《か》く文字《もじ》というのは早《はや》く記録《きろく》するのに便利《べんり》な文字《もじ》なんだそうですよ。もちろん、トラ助《すけ》がいないと、わたしでも読《よ》むことはできません。」

工場長《こうじょうちょう》がそういうのを聞《き》いて、黒《くろ》ねこたちがざわざわっとざわついたのですが、工場長《こうじょうちょう》はちっとも気《き》づきませんでした。

そのあとは外《そと》のまるタンクの上《うえ》にのぼったり、敷地内《しきちない》のかだんに植《う》えてあるミントを見《み》てまわったりしました。まるタンクの上《うえ》はとても高《たか》く、工場長《こうじょうちょう》はのぼるのは平気《へいき》でも、おりるのがじつは苦手《にがて》です。でも黒《くろ》ねこたちはのぼるのもおりるのもみんなへっちゃらのようでした。

「ああ、このごろの空《そら》は毎日《まいにち》すこしずつ高《たか》くなるようで、やっぱりこの季節《きせつ》の空《そら》はいいなあ。」

「うん、うん。おや、朝《あさ》には見《み》えなかったうろこ雲《ぐも》も、あちらの空《そら》に出《で》ていますね。」

そんなことを口《くち》ぐちにいいながら、みんなひらりひらりとおどるようにおりていきます。

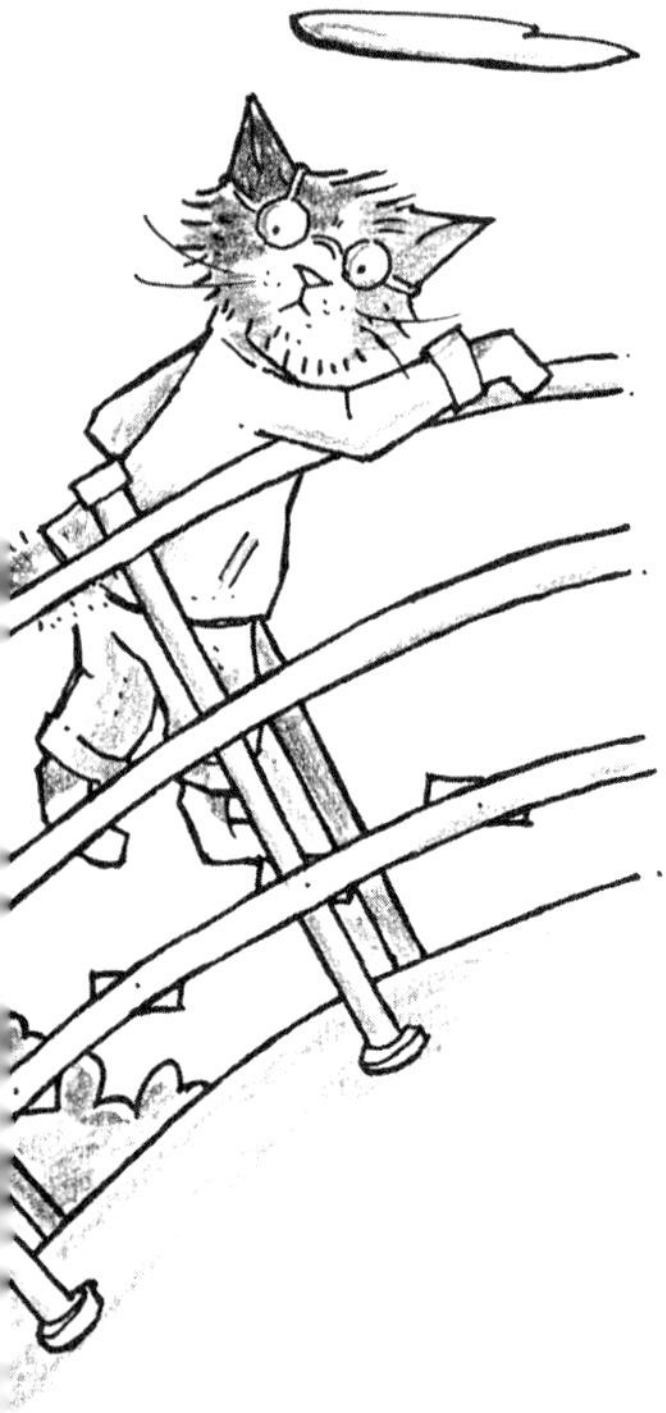

ブラリがちょうどまるタンクのてっぺんをせっせとそうじしていましたので、工場長《こうじょうちょう》は、

「ブラリくん、きょうもたのむよ。」

などといいのこし、細《ほそ》い階段《かいだん》を一段《だん》一段《だん》おりました。

(はじめてだというのに、東森《ひがしもり》のねこたちはずいぶん身軽《みがる》なものだ。)

工場長《こうじょうちょう》は自分《じぶん》の大《おお》きなおなかを気《き》にしながら、しんちょうにおりていきます。

そのあとに案内《あんない》したミントの植《う》えこみの前《まえ》では、どうにも香《かお》りがきつすぎるといって、黒《くろ》ねこたちはみんな顔《かお》をしかめました。ねこたちはふつう、ミントの

香《かお》りが大《だい》すきなのですが。

「おや、このにおいは苦手《にがて》ですかな？　それなら東森《ひがしもり》の風《かぜ》つくり工場《こうじょう》さんではちがう植物《しょくぶつ》を植《う》えたらいい。植物《しょくぶつ》を育《そだ》てておくと、ほかの町《まち》のねこたちと物々《ぶつぶつ》交換《こうかん》をするときに役《やく》に立《た》ちます。たとえば海辺《うみべ》のねこは、ミントをたいへんちょうほうだといって、毎年浜辺《まいとしはまべ》の白砂《しろすな》や貝《かい》がらなどと交換《こうかん》してくれますよ。白《しろ》砂《すな》や貝《かい》がらはいい夏風《なつかぜ》をつくるのにかかせませんからな、うちでも大《おお》だすかりです。」

三毛《みけ》ねこの工場長《こうじょうちょう》は、東森《ひがしもり》の工場長《こうじょうちょう》にそう説明《せつめい》しました。

さて、見学《けんがく》が半分《はんぶん》ほどおわって、あとは研究棟《けんきゅうとう》だけ、というとき、工場長《こうじょうちょう》のおなかがぐうっと鳴《な》りました。なにしろだれより大《おお》きなおなかです。すぐにおなかがすくのです。それで工場長《こうじょうちょう》は見学《けんがく》を一度休憩《いちどきゅうけい》して、食堂《しょくどう》に案内《あんない》することにしました。

「わが工場《こうじょう》には腕《うで》のいいペロリ料理長《りょうりちょう》がいましてね。おいしいものを社員《しゃいん》に食《た》べてもらうのは、しごとへの意欲《いよく》にもつながります。さあ、どうぞどうぞ。」

それを聞《き》いた東森《ひがしもり》のねこたちは、

「食堂《しょくどう》より研究棟《けんきゅうとう》のほうをぜひ見《み》せてもらいたいのですが。」

と、口《くち》ぐちにいったのでしたが、あんまり工場長《こうじょうちょう》がすすめるので、それならまずは、と食堂《しょくどう》でひとやすみすることになりました。


食堂《しょくどう》では、ペロリ料理長《りょうりちょう》がいそがしくはたらいています。小魚《こざかな》のだしをこしたり、つけあわせのマッシュポテトを用意《ようい》したり、おひる前《まえ》になるといっそうたくさんのしごとがあります。工場長《こうじょうちょう》は、すぐにしんせんな魚《さかな》フライの定食《ていしょく》を注文《ちゅうもん》しました。これは工場《こうじょう》のねこたちだれもがすきなメニューです。

「食堂《しょくどう》でいちばんのおすすめです。あげたてでさっくさくでしてね。もちろん、ほどよく冷《さ》めてから食《た》べてください。ええ、ええ、わたしも熱《あつ》いのは苦手《にがて》ですからえんりょなく。では、みなさんもおなじものでよいですかな？」

工場長《こうじょうちょう》がそういって、数《かず》をペロリさんにつたえようとしたときです。

「いえいえ、工場長《こうじょうちょう》さんとおなじものだなんて気《き》がひけます。ほかにはどんなメニューがあるので？」

東森《ひがしもり》の工場長《こうじょうちょう》は、あわてててちかくにあったメニュー表《ひょう》を手《て》にとりました。メニュー表《ひょう》には、魚《さかな》のフライ、シーフードカレー、季節《きせつ》の魚《さかな》のムニエル、海《うみ》の幸《さち》のポタージュなどといくつもメニューがならんでいます。東森《ひがしもり》の工場長《こうじょうちょう》は、目《め》を細《ほそ》めながらそれをじゅんじゅんに読《よ》んでいき、そしてさいごのところで、ぴたりと止《と》まっていいました。

「おや、とくべつメニューのマカロニグラタンというのがありますね。これはいったいどんなもので？」

それを聞《き》いた工場長《こうじょうちょう》は、首《くび》を横《よこ》にふっていいました。

「ああ、それはうちの社員《しゃいん》、ハックのためのメニューなのです。ハックはどうにも魚《さかな》が苦手《にがて》でして、それで魚《さかな》の入《はい》っていないメニューをつくったのです。ですが、わたしたちにはだんぜん魚《さかな》のフライがおすすめですよ。」

けれど、東森《ひがしもり》の工場長《こうじょうちょう》はいいました。

「ほう。でしたらわたしはこのとくせいのグラタンにします。」

するとほかの黒《くろ》ねこたちも口《くち》ぐちにいうのです。

「わたしもグラタンにしてください。」

「ぼくもグラタンでおねがいします。」

わざわざペロリさんのいるカウンターのところへやってきて、

「グラタンにはほんとうにお魚《さかな》は入《はい》っていませんね？」

と、確認《かくにん》したねこもいたのでした。

「わたしどもは小骨《こぼね》がのどにひっかかるのを大《だい》の苦手《にがて》にしておりまして。まさかグラタンには魚《さかな》は入《はい》っていませんよね。」

黒《くろ》ねこたちはそういってなんどもねんをおしました。ふしぎに思《おも》ったのはペロリさんです。魚《さかな》のフライの定食《ていしょく》は、工場《こうじょう》のねこたちだれもがすきなメニューです。それなのにグラタンだなんて。しかもお魚《さかな》が入《はい》っていないか確認《かくにん》しにくるなんて。小骨《こぼね》など、ポリポリとかんでしまえばいいのです。工場《こうじょう》のねこたちに魚《さかな》の小骨《こぼね》を気《き》にするものなどいません。おまけにさっき出《だ》した熱《あつ》いお茶《ちゃ》を、東森《ひがしもり》のねこたちはみんなあたりまえのような顔《かお》をして、

「ああ、きょうはいい見学《けんがく》をさせてもらってたすかります。午後《ごご》の研究棟《けんきゅうとう》もたのしみだ。」

などといいながら、ごくりごくりとおいしそうに飲《の》んでいるのです。ねこというのは、出《だ》されたのみものをほどよくさましてから飲《の》むのがふつうです。三毛《みけ》ねこの工場長《こうじょうちょう》だって、お茶《ちゃ》をさますこの時間《じかん》を利用《りよう》して、ちょっと失礼《しつれい》、と手《て》洗《あら》いに行《い》ったというのに。グラタン用《よう》のホワイトソースを温《あたた》めながら、ペロリさんはふむ、と考《かんが》えました。カウンターの中《なか》にいるペロリさんには聞《き》こえないとでも思《おも》っているのか、工場長《こうじょうちょう》が席《せき》をはずしたとたん、東森《ひがしもり》のねこたちは、

「午後《ごご》には、つよい風《かぜ》のつくりかたをもうすこし質問《しつもん》してみよう。」

「ふん、そうしようそうしよう。なによりつよい風《かぜ》のつくりかただ。」

などとことばをかわしています。ペロリさんが思《おも》わずゴホンとせきばらいをすると、黒《くろ》ねこたちははっとした顔《かお》をして、

「グラタン、たのしみですなあ。」

などとすこしあわてたようすをしました。なんだかちょっとひっかかります。

風《かぜ》つくりの工場《こうじょう》には、ときどきスパイがもぐりこみます。ねずみだったりコウモリだったり、いろいろなのですが、どのスパイたちも知《し》りたがっているのが、つよい風《かぜ》やうずまく風《かぜ》のつくりかたです。それさえわかれば、ねずみはねこを追《お》いはらうことができますし、コウモリはえものを一度《いちど》にたくさんとらえることができるようになるからです。どうやらこのねこたちも、つよい風《かぜ》のつくりかたを知《し》りたがっているようです。

「ふむ。確認《かくにん》したほうがいいかもしれん。」

ペロリさんは、グラタンをオーブンに入《い》れてタイマーをセットすると、席《せき》に

もどった工場長《こうじょうちょう》や東森《ひがしもり》のねこたちに気《き》づかれないよう、いそいで研究棟《けんきゅうとう》の二階《かい》に走《はし》りました。

研究棟《けんきゅうとう》の二階《かい》は、風《かぜ》の標本室《ひょうほんしつ》になっています。この部屋《へや》では、灰色《はいいろ》ねこのブラリが、できあがった風《かぜ》のひとふきを小《ちい》さなガラスのびんに入《い》れ、風《かぜ》の種類《しゅるい》を書《か》いたラベルをぺたんとはって保管《ほかん》しています。風《かぜ》の標本《ひょうほん》をつくっているのです。つくりつけのたなに、たくさんのガラスの標本《ひょうほん》びんがならんでいるのが、ドアの外《そと》からでも見《み》えます。部屋《へや》では、ちょうどまるタンクのそうじをおえたブラリが、ブラシをかたづけているところでした。

「あれ、ペロリさん。見学《けんがく》のみなさんに食事《しょくじ》を出《だ》しているさいちゅうじゃないんですか？」

ノックの音《おと》にブラリがおどろいてドアをあけると、ペロリさんは首《くび》をひねりながらいいました。

「あの黒《くろ》ねこたち、どうもおかしいと思《おも》わないかね？」

「え？　そうかなあ。」

ブラリはなんとも思《おも》いません。

「まるタンクをのぼるのもおりるのもへっちゃらそうだったから、小《ちい》さいころから木《き》のぼりをやってきた連中《れんちゅう》なんだとは思《おも》ったけど。きっと東森《ひがしもり》の杉《すぎ》の木《き》をのぼったりおりたりしてあそんだんだろうなあ。」

のんびりとそんなことをいうブラリに、ペロリさんはいいました。

「ブラリ、前《まえ》に、思《おも》い出《で》の風《かぜ》っていうの、

つくっただろう？　あの標本《ひょうほん》を出《だ》してくれないか。あいつらがスパイかどうか、たしかめたいんだ。いそいでいそいで。」

ブラリはまさかという顔《かお》をしながら、それでもいそいで、ぶあつい管理表《かんりひょう》をひろげてその保管場所《ほかんばしょ》を見《み》つけだすと、ペロリさんのいう「思《おも》い出《で》の風《かぜ》」の標《ひょう》本《ほん》びんを、たなからすっとだしました。

「お母《かあ》さんと手《て》をつないで歩《ある》いたときにふいていた思《おも》い出《で》の風《かぜ》・そよそよそより・ほのぼのとなつかしいにおい」

そんなラベルがはってあります。春《はる》の入学式《にゅうがくしき》のころにときどきつくっている風《かぜ》です。

「この風《かぜ》、いい風《かぜ》だったよねえ。」

うっとりしているブラリの手《て》からひょいっとそれを受《う》けとると、ペロリさ

んは、

「ふむ。これこれ。これでなにかわかるかもしれん。」

といいました。それからそのあとふと考《かんが》えて、

「このあいだの花火大会《はなびたいかい》のときの夕風《ゆうかぜ》ももらえるかな？」

といいました。

「これのこと？」

ブラリがおくから出《だ》してきた標本《ひょうほん》びんはうすあかるい藍色《あいいろ》をしています。びんの中《なか》で、ほのかに火薬《かやく》のにおいをさせた小《ち》さな風《かぜ》がそよそよと左右《さゆう》にうごいていました。夏《なつ》のおわりにとなり町《まち》でおこなわれた花火大会《はなびたいかい》の日《ひ》の夕風《ゆうかぜ》です。

「うんうん、これこれ。わたしの予想《よそう》があたっているなら、この風《かぜ》が役《やく》に立《た》ってくれるはずだ。」

ペロリさんはそういって、それからブラリにこんなことをいったのです。

「ブラリ、たびたび悪《わる》いが、いそいで貯蔵庫《ちょぞうこ》に行《い》って、ゴムふうせんをとって

きてくれないか。このあいだノロロが大《おお》きいのをいくつかひろってきたからね。それで、そいつをできるだけぱんぱんにふくらませて、わたしのところにもってきてほしいんだ。」

そういうと、ペロリさんはいそいで食堂《しょくどう》にもどっていきました。

食堂《しょくどう》では、ちょうどオーブンのタイマーが鳴《な》ったところです。ペロリさんはなにくわぬ顔《かお》をして、できたての熱々《あつあつ》グラタンを黒《くろ》ねこたちのところにもっていきます。そしてその目《め》の前《まえ》で、グラタンに「思《おも》い出《で》の風《かぜ》」をそよりとふりかけました。

「さあどうぞ。さいごにこれをふりかけますと、とてもおいしいグラタンになるのです。」

オーブンから出《だ》したばかりのグラタンからは、ぐつぐつという音《おと》とともに、熱々《あつあつ》のゆげがあがっています。その白《しろ》いゆげに思《おも》い出《で》の風《かぜ》がそよりとからまっ

て、食堂《しょくどう》の中《なか》はたちまちほのぼのとした香《かお》りでいっぱいになりました。

「ああ、なんていいにおい。」

黒《くろ》ねこのだれかがいいました。

「うん、うん、なんだかなつかしいにおい。」

だれかもいいます。

「なんでしょう、きゅうにお母《かあ》さんに会《あ》いたくなりました。」

もうひとりもいったところで、ペロリさんは身《み》をのりだしました。

「そうでしょう、そうでしょう。これは思《おも》い出《で》の風《かぜ》といって、この風《かぜ》にふかれると、だれもがなつかしいあのころを思《おも》いだすのです。お母《かあ》さんと手《て》をつないで歩《ある》いたとき、ちょうどこんな風《かぜ》がふいていませんでしたかな？」

それを聞《き》いて、東森《ひがしもり》の工場長《こうじょうちょう》は大《おお》きくうなずきました。

「うんうん。たしかに、あのときこんな風《かぜ》がふいていた。」

そしていったのです。

「お母《かあ》さんの羽《はね》はいつもやわらかくって、あたたかで。」

東森《ひがしもり》の工場長《こうじょうちょう》は目《め》をとじて、うっとりとした顔《かお》をしています。

「はじめて空《そら》をとべたとき、とってもよろこんでくれたっけ。」

これを聞《き》いて、おどろいたのは三毛《みけ》ねこの工場長《こうじょうちょう》です。ガタン、と席《せき》から立《た》ちあがり、

「羽《はね》だって？　とぶだって？」

そうして黒《くろ》ねこたちの前《まえ》に置《お》かれているグラタンを見《み》て、みるみる、しまったという顔《かお》になりました。

「きみたち、わたしをだましていたのかね。」

黒《くろ》ねこたちは大《おお》あわてです。

「いやいや、まさか。工場長《こうじょうちょう》さんをだ、だますだなんて。」

東森《ひがしもり》の工場長《こうじょうちょう》は、金色《きんいろ》の目玉《めだま》をきょときょとさせて、しどろもどろになっています。それを見《み》て、ペロリさんはいそいでカウンターの中《なか》にもどりました。

「やっぱりスパイだったな。こりゃたいへんだ。」

ペロリさんは、ブラリが赤《あか》や青《あお》のふうせんをふくらませて厨房《ちゅうぼう》の勝手口《かってぐち》から入《はい》ってきたのを見《み》とどけると、いそいでふたつ目《め》の標本《ひょうほん》びんのふたをあけました。さっきまでほのぼのと思《おも》い出《で》の風《かぜ》がたちこめていた食堂《しょくどう》に、ひとふきの藍色《あいいろ》の夕風《ゆうかぜ》がとびだします。そのとたん、あたりには火薬《かやく》のとんがったにおいがツンとただよいだしました。

「むむむ？　このしめったような夕風《ゆうかぜ》は……。」

黒《くろ》ねこのひとりがいやそうに顔《かお》をしかめます。

「それにこの火薬《かやく》のにおい。これは夏《なつ》の花火大会《はなびたいかい》のときのあのにおい……。」

だれかがそうつぶやくと、黒《くろ》ねこたちはみな、ふきつそうにそわそわとしはじめました。

「工場長《こうじょうちょう》さん、これはいったいどういうわけで？　風《かぜ》をつくるのに火薬《かやく》などひつようでしたかな？」

黒《くろ》ねこたちがざわざわとこしを浮《う》かしはじめたそのときです。

「パン！」

大《おお》きなはれつ音《おん》が食堂《しょくどう》じゅうにひびきわたりました。ブラリがぱんぱんにふくらませてもってきたふうせんを、ペロリさんがカウンターの下《した》で思《おも》いっきりふんでわったのです。けれど、そうとは知《し》らない黒《くろ》ねこたち。おぼえのある藍《あい》色《いろ》の夕風《ゆうかぜ》、ツンとした火薬《かやく》のにおい、それにこの大《おお》きなはれつ音《おん》。黒《くろ》ねこたちはびくびくっととびあがり、

「こ、これはどういうことですかな。ずいぶんちかくで花火《はなび》の音《おと》がしたような……。」

そういって、肩《かた》をすくめたままあたりをきょろきょろ見《み》まわします。ペロリさんは何気《なにげ》ない顔《かお》をして答《こた》えました。

「これはわたしたちからのかんげいの花火《はなび》です。すぐに天窓《てんまど》をあけましょう。よろこんでいただけるとよいのですが。」

それを聞《き》いた黒《くろ》ねこたちの、そのあわてふためきようといったら。

「な、なんだって。花火《はなび》だって！」

なかにはあんまりおどろいて、食堂《しょくどう》のいすからころげ落《お》ちそうになったものもいます。

「花火《はなび》なんて、だ、だ、大《だい》きらい。カァ。」

だれかがおかしな声《こえ》を出《だ》し、みんなあわてて食堂《しょくどう》の外《そと》へ出《で》ようとします。

「わたしたちはこれで失礼《しつれい》。」

でも、いすやテーブルがじゃまになり、黒《くろ》ねこたちは思《おも》うように食堂《しょくどう》の外《そと》に出《で》られません。がたがたといすにぶつかっている黒《くろ》ねこたちに、ペロリさんは、

「いえいえ、とても大《おお》きくてきれいな花火《はなび》ですから、そうえんりょなさらずに。」

といって、もう一度《いちど》、

「パン！」

と、ふうせんを割《わ》りました。耳《みみ》をつんざくような大《おお》きな音《おと》に、黒《くろ》ねこたちはもうパニックです。

「は、花火《はなび》なんてまっぴらごめん！　カァ。」

とうとうひとりがバサバサバサッと黒《くろ》い羽《はね》をひろげました。黒《くろ》いくちばしをひゅうっとのばし、それをケタケタとふるわせて、

「花火《はなび》だって花火《はなび》だって。ニゲロニゲロ。」

みんな口《くち》ぐちにまくしたてて大《おお》さわぎ。見《み》わたすと、ねこたちは全員《ぜんいん》カラスになっていました。あっちでもこっちでも、バサリバサリと黒《くろ》い羽《はね》をひろげる音《おと》がします。

そう、黒《くろ》ねこたちはみんな、東森《ひがしもり》にすむカラスだったのです。東森《ひがしもり》のカラスたちはつよい風《かぜ》のつくりかたを知《し》りたくて、工場見学《こうじょうけんがく》のふりをする作戦《さくせん》を考《かんが》えました。つよい風《かぜ》を武器《ぶき》にして西《にし》の森《もり》のカラスとたたかえば、かんたんに勝《か》つことができるからです。

西《にし》の森《もり》にはサワグルミや山《やま》ぶどうの木《き》がたくさんあります。東森《ひがしもり》のカラスたちはそれを自分《じぶん》たちのものにしたくてたまらないのです。風《かぜ》つくり工場《こうじょう》にはう

まくもぐりこめました。けれどペロリさんに見《み》やぶられ、計画《けいかく》はみごとに失敗《しっぱい》してしまいました。

カラスたちが花火《はなび》を苦手《にがて》にしていることをペロリさんが知《し》ったのは、夏《なつ》のおわりのことでした。商店街《しょうてんがい》の路地裏《ろじうら》にカラスたちがあつまって、夏《なつ》の夜《よる》はおそろしい、ゆだんしていると、きゅうに夜空《よぞら》に花火《はなび》があがって、そのたびに毎回《まいかい》心臓《しんぞう》がやぶけそうになるのだと、ぐちをこぼしていたのです。流《なが》れてくる火《ひ》の粉《こ》で羽《はね》に大《おお》やけどをしそうになったのも一度《いちど》や二度《にど》じゃないんだからと、カラスたちはくちばしをカチカチ鳴《な》らしておびえていました。それでペロリさんは、頭《あたま》の上《うえ》に花火《はなび》があがったとカラスにかんちがいをさせてこらしめたのです。

カラスたちは東森《ひがしもり》のねぐらに帰《かえ》っても、羽《はね》をバサリバサリと神経質《しんけいしつ》にたたんでは、

「なんでまたあのコック、きゅうに花火《はなび》なんてあげたんだ。」

「あの大《おお》きな音《おと》、あのにおい。ああ、花火《はなび》なんてまっぴらごめん。」

「おい、おれのじまんの羽《はね》のどこかに、やけどの
あとなどできていないだろうな。」
などと、いつまでも文句《もんく》をいっていました。

このころ、ちょうど公園《こうえん》のベンチで
うとうとしかけていたノロロは、
子《こ》どもたちがしきりに空《そら》を指《ゆび》さして
さけぶのを聞《き》きました。
「見《み》て。カラスがずいぶんさわがしくとんでいくよ。」
「ほんとうだ。丘《おか》の上《うえ》の工場《こうじょう》のほうからとんでくる。」
それを聞《き》いて、おとなたちは首《くび》をかしげていいました。
「へんねえ。カラスたち、あんなさわぎ声《ごえ》を出《だ》してなにかあったのかしらね。」
ノロロの眠気《ねむけ》はいっぺんにふきとびました。工場《こうじょう》でなにかあったようだと、

ノロロは走《はし》ってもどりました。

さて、こちらは工場《こうじょう》の食堂《しょくどう》です。研究棟《けんきゅうとう》からスノウとトラ助《すけ》が走《はし》ってきました。作業棟《さぎょうとう》からも、ハックがかきまぜ棒《ぼう》を肩《かた》にかついだままかけこんできました。大《おお》きなはれつ音《おん》におどろいてかけつけたのです。そうして食堂《しょくどう》の床《ゆか》のあちこちにぬけおちている黒《くろ》い羽《はね》を見《み》て、みんな、はっとして息《いき》をとめました。

「なくなったものはないか。」

工場長《こうじょうちょう》の声《こえ》に、みんなあわててあたりを見《み》まわします。トラ助《すけ》はいそいで研《けん》究棟《きゅうとう》にもどり、ひきだしの中《なか》を確認《かくにん》しました。一冊《さつ》、二冊《さつ》、三冊《さつ》、四冊《さつ》、五冊《さつ》、六冊《さつ》……。さいごにむねのポケットの中《なか》に一冊《さつ》。だいじょうぶ、ノートは七冊《さつ》ちゃんとそろっています。三毛《みけ》ねこの工場長《こうじょうちょう》はがりがりっと頭《あたま》をかきました。

「ふううん、なんてことだ。とんでもないしっぽいをした。」

どうしてとちゅうで気《き》づくことができなかったのか。くやしくて、はらが立《た》ってなりません。

でも、研究棟《けんきゅうとう》に行《い》く前《まえ》に、相手《あいて》がカラスだとわかったのはさいわいでした。

頭《あたま》のいいカラスのことです。トラ助《すけ》のトラねこ文字《もじ》だって、すぐに解読《かいどく》してしまったかもしれません。ペロリ料理長《りょうりちょう》のおかげで、それはふせぐことができました。

「ペロリさん、今回《こんかい》はたいへんお世話《せわ》になった。」

三毛《みけ》ねこの工場長《こうじょうちょう》がふかぶかとペロリさんに頭《あたま》を下《さ》げると、ペロリさんは、

「いやあ、なになに。」

と、頭《あたま》をかきました。

工場《こうじょう》のゆうびん受《う》けにふたたび黒《くろ》い水性《すいせい》インクの手紙《てがみ》がとどいたのは、それから数日後《すうじつご》のことです。

先日《せんじつ》はせっかくのごちそうを食《た》べずに帰《かえ》ってしまい、たいへん失礼《しつれい》をいたしました。ちかいうち、ペロり料《りょう》理《り》長《ちょう》のグラタンをかならずいただきにまいります。そのときには、学会《がっかい》の紹介状《しょうかいじょう》をおわすれなくご用《よう》意《い》ください。

東《ひがし》森《もり》黒《くろ》太郎《たろう》より

わらい声《ごえ》のかけらとのどあめ

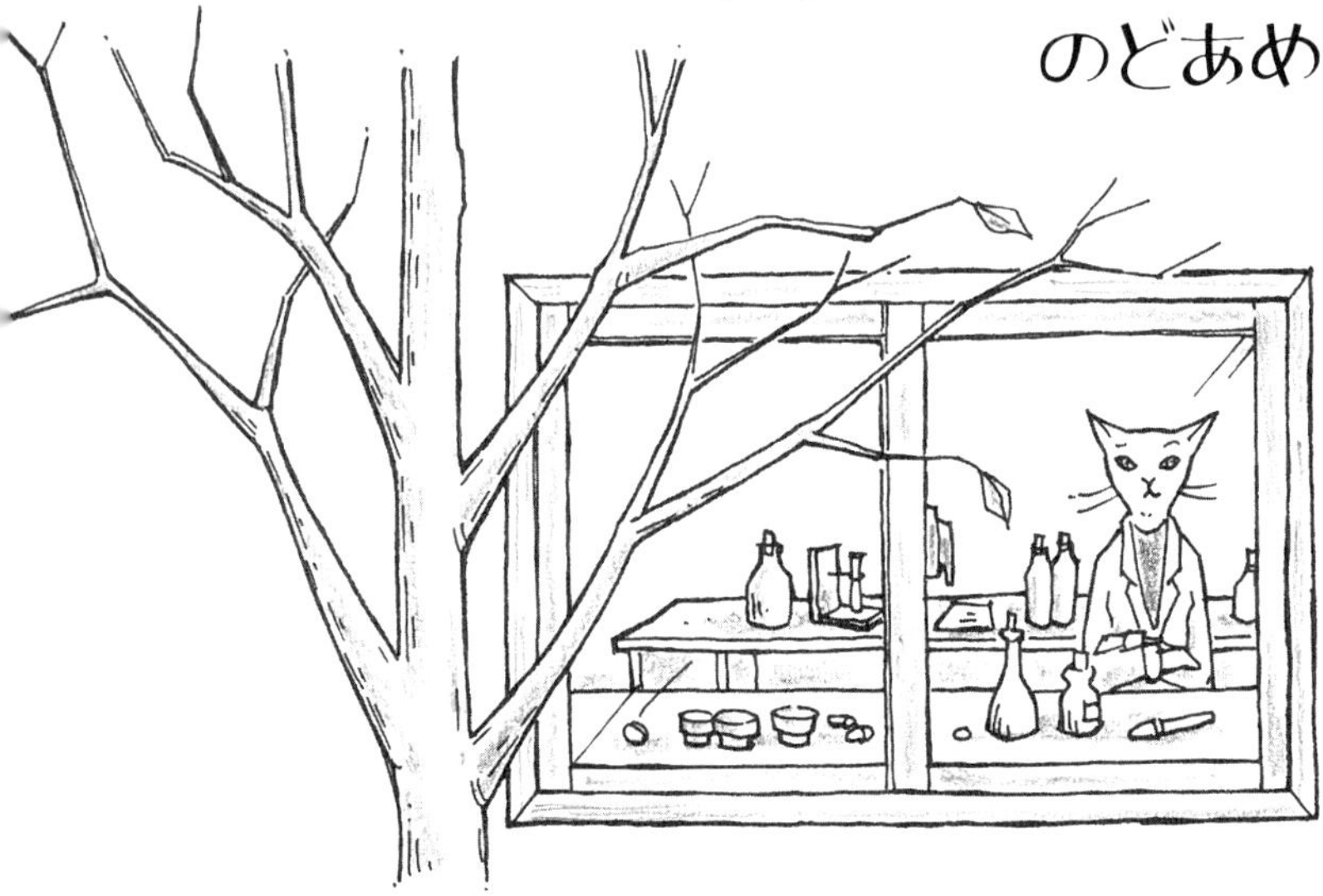

十一月《がつ》のはじめ、工場《こうじょう》のねこたちはこがらし一号《ごう》をつくりました。

こがらし一号《ごう》というのは、冬《ふゆ》のはじめにかならずつくる北風《きたかぜ》です。ひるまは上着《うわぎ》なんていらないくらいあたたかかったのに、帰《かえ》り道《みち》には首《くび》もとにビュウビュウとつめたい風《かぜ》がふきこむことがあるでしょう。あれがこがらし一号《ごう》です。

このころになると、ねこたちも冬《ふゆ》にそなえていろいろな用意《ようい》をはじめます。

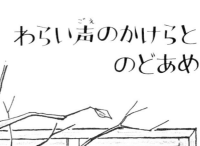

スノウはノロロに新《あたら》しいマフラーを編《あ》みはじめますし、ブラリは風《かぜ》の標本室《ひょうほんしつ》に今年《ことし》こそストーブを置《お》こうと、町《まち》の粗大《そだい》ゴミ置《お》き場《ば》などをのぞいてまわるようになります。

粗大《そだい》ゴミの中《なか》からめぼしいものをひっぱりだして、それを手直《てなお》ししてつかうのが、むかしからブラリはじょうずです。そしてみな、そのからだに冬《ふゆ》の毛《け》をふんわりと増《ふ》やしはじめます。冬《ふゆ》の毛《け》がみっちりそろうと、すこしくらいの北風《きたかぜ》なんて平気《へいき》になります。ねこたちの毛皮《けがわ》のコートというわけです。

さて、こがらし一号《ごう》がふいて何日《なんにち》かたったころでした。朝《あさ》からノロロが、コンコンとせきをしています。

「ねえスノウ、朝《あさ》からのどのおくのほうがイガイガといたいんだ。わらい声《ごえ》のかけらをなめているんだけど、ちっともよくならないの。」

ノロロの声《こえ》はいつもよりがさがさしています。

「かぜをひいたのね。」

スノウはノロロの小《ちい》さなおでこに手《て》をあてて、熱《ねつ》がないことをたしかめました。

毎年《まいとし》この時期《じき》、工場《こうじょう》のねこたちのあいだでかぜがはやりだします。もちろん、ねこだってかぜをひくのです。くしゃみがとまらなくなったり、まぶたがむくむくはれたり、鼻水《はなみず》がとまらなくなったりします。何年《なんねん》か前《まえ》のこの時期《じき》には、トラ助《すけ》がひどい熱《ねつ》を出《だ》したこともありました。ノロロは熱《ねつ》こそありませんが、のどのおくが真《ま》っ赤《か》です。

「ノロロ、わらい声《ごえ》のかけらをいくらなめても、のどのイガイガはなおらないわ。そのときすこしらくになるだけよ。ここに毛布《もうふ》をもってきてあげるから、きょうはゆっくりねていなさい。それがいちばん。」

そういって、スノウは研究室《けんきゅうしつ》のかたすみに、ノロロのからだにちょうどよい大《おお》きさのかごを用意《ようい》してくれました。中《なか》にはノロロのいつもの毛布《もうふ》。足《あし》もとには、ほかほかの湯《ゆ》たんぽを入《い》れてくれました。きょうは堂々《どうどう》とおひるねをしていられると知《し》り、ノロロはうれしい気《き》もちです。もちろんたとえ外《そと》にしごとに出《で》たとしても、どこか風《かぜ》のこないひなたを見《み》つけて一日《にち》おひるねをしているつもりでした。でもスノウのとなりでゆっくりねていられるのなら安心《あんしん》です。それにしても、のどのイガイガがどうにも気《き》になります。ゴクンとつばをのみこむだけで、なにか魚《さかな》の骨《ほね》のようなものがひっかかったようにいたいのです。

「わらい声《ごえ》のかけらをなめていれば落《お》ちつくんだけどな。」

ノロロは、毛布《もうふ》にくるまりながら、あまいわらい声《ごえ》のかけらのことを考《かんが》えました。

わらい声《ごえ》のかけらは風《かぜ》の主原料《しゅげんりょう》。人間《にんげん》たちがわらったとき、口《くち》もとからころころっところがる、とうめいのかけらです。その中《なか》にはときどきどろぼうの落《お》としたわらい声《ごえ》や、食《た》べすぎるとおなかをいたくするものなどがまざっていたりするので、三毛《みけ》ねこの工場長《こうじょうちょう》に、食《た》べてはいけないといわれています。

以前《いぜん》にもブラリがいたずらっ子《こ》の落《お》としたわらい声《ごえ》のかけらを食《た》べてしまって、ちょっとしたさわぎになったことがありました。それでブラリは工場長《こうじょうちょう》にこっぴどくしかられたのです。

それでも、ねこたちはわらい声《ごえ》のかけらのはじっこが割《わ》れて落《お》ちているのを見《み》つけると、ついそれを口《くち》に入《い》れてしまいます。なぜって、たいていのわらい声《ごえ》のかけらは、ほっぺたが落《お》ちるほどあまくておいしいからです。

はちみつみたいな味《あじ》のものもあれば、シュワシュワと炭酸《たんさん》ジュースみたいなものもあります。中《なか》には、あんこのようにほっこりとあまいものもありますし、もぎたてのくだもののようなあまずっぱい味《あじ》が口《くち》いっぱいにじゅわっとはじけるものもあります。口《くち》に入《い》れてみないとわからないので、ねこたちはつい、ためしたくなってしまうのです。なかでもさいきんノロロが気《き》に入《い》っているのは、小《ちい》さなわらい声《ごえ》のかけらをあめ玉《だま》のようにとかしながらなめること。のどのイガイガがすっとおさまるような気《き》がします。

それでノロロは、朝《あさ》からわらい声《ごえ》のかけらのはじっこが落《お》ちていないかと貯蔵庫《ちょぞうこ》を行《い》ったりきたりして、五つも六つもひろってなめているのです。

「そんなにいくつもわらい声《ごえ》のかけらをなめられちゃたまらないわ。この時期《じき》はわらい声《ごえ》のかけらがただでさえすくなくて、小《ちい》さなものだってきちょうなの。食《た》べちゃいけないって工場長《こうじょうちょう》にもいつもいわれているでしょう？　もうわらい声《ごえ》のかけらをなめてはだめ。」

「ちっちゃいかけらでも？」

ノロロのがさがさの小《ちい》さな声《こえ》に、スノウは、

「もちろんよ。」

と、毛布《もうふ》をノロロの鼻先《はなさき》までひきあげてやりながらいいました。

こがらしのふくこのころは、一年《ねん》の中《なか》でいちばんわらい声《ごえ》のかけらあつめに苦労《くろう》する時期《じき》です。公園《こうえん》にあつまる子《こ》どもたちの数《かず》はきゅうにすくなくなりますし、おとなたちはみな早足《はやあし》になります。ときどき小《ちい》さなわらい声《ごえ》のつぶがこぼれ落《お》ちるときはありますが、口《くち》もとまでまいたマフラーや、首《くび》いっぱいまであるタートルネックのふちにひっかかってしまって、地面《じめん》にまで落《お》ちてこないこともしばしば。ノロロも、ここのところわらい声《ごえ》のかけらをじゅうぶんあつめられなくて、こまっているのです。

「うん、わかった。でも、こののど、なおらないかなあ。のどがスカッとなったらずいぶんらくになるんだけど。」

ノロロは毛布《もうふ》の中《なか》でたてつづけにコンコンとせきをしました。かわいたせき

です。

「あら、そうだわ。」

それを見《み》て、スノウは何年《なんねん》か前《まえ》の冬《ふゆ》のことを思《おも》いだしました。トラ助《すけ》がひどい熱《ねつ》を出《だ》したとき、かぜぐすりをつくってあげたことがあったのです。薬草《やくそう》の根《ね》っこと青《あお》い実《み》をすり鉢《ばち》ですってつくった粉《こな》ぐすりでした。ぶあつい植物図鑑《しょくぶつずかん》とにらめっこしてつくったそれは、トラ助《すけ》の熱《ねつ》をすぐにさげてくれました。あのとき、スノウは何度《なんど》も実験《じっけん》をかさねて、いちばんよくきく薬草《やくそう》と配合《はいごう》を見《み》つけだしたのです。根気《こんき》よく実《じっ》験《けん》をかさねるのは、いつものスノウのやりかたでした。

「でもせっかくつくってあげたのに、トラ助《すけ》ったら、苦《にが》い苦《にが》いって大《おお》さわぎだったのよね。」

スノウはそのときのトラ助《すけ》のようすを思《おも》いだして肩《かた》をすくめました。トラ助《すけ》ったら、くすりを前《まえ》に、鼻《はな》を

つまんだり目《め》をぎゅっととじて息《いき》をとめたり、ずいぶんないやがりようだったのです。トラ助《すけ》はあわててコホンコホンとせきをします。

「あれはきゅうな発熱《はつねつ》によくきく粉《こな》ぐすりだったの。おなじものをノロロに飲《の》ませても、効果《こうか》はないわね。」

くすりには、きゅうな熱《ねつ》をさげるもの、のどのいたみをやわらげるもの、鼻《はな》水《みず》をとめるもの、といろいろな種類《しゅるい》があります。

「そうねえ。のどがいたいのなら、ノロロがなめやすい大《おお》きさのあめ玉《だま》にしてみたらどうかしら。」

スノウはいやがるノロロをつかまえて体重計《たいじゅうけい》にのせ、いそいでメモをとりました。

「そうだ。ミント味《あじ》にするのもいいかもしれない。わらい声《ごえ》のかけらをまぜてにつめれば、うまくかためることができそうよ。」

あちこちにふせんのはってある植物図鑑《しょくぶつずかん》をぺらりぺらりとめくりながら、スノウはノートにいくつも計算式《けいさんしき》を書《か》きました。ミントなら工場《こうじょう》の敷地《しきち》で育《そだ》てているものがあります。夏《なつ》に収穫《しゅうかく》したその葉《は》っぱは、乾燥《かんそう》させてびんの中《なか》に保存《ほぞん》してあったはず。それならくすりの苦《にが》いのも、すこしはごまかすことができそうです。ノートの計算《けいさん》をさらさらと解《と》いて答《こた》えを出《だ》すと、スノウはうん、と自《じ》信《しん》ありげにいいました。

「わらい声《ごえ》のかけらはひとつでじゅうぶんよ。ちょっとコツが必要《ひつよう》みたいだけれど、まかせてちょうだい。いいおくすりがつくれそうだわ。」

わらい声《ごえ》のかけらをつぎつぎなめられてはこまりますが、くすりにひとつ、つかうのであれば、工場長《こうじょうちょう》もだめとはいわないでしょう。

「ねえノロロ、のどによくきくあめ玉《だま》をつくってあげる。すうっとするミント味《あじ》にしてあげるから、まっていて。」

スノウは、たなから丸底《まるぞこ》フラスコやアルコールランプを出《だ》してきて、さっそく準備《じゅんび》にとりかかります。

「ぜったいぜったい、あまいのにしてね。」

毛布《もうふ》にもぐりこんだノロロは、がさがさの声《こえ》でいいました。

すぐにトラ助《すけ》が、乾燥《かんそう》させたミントの葉《は》っぱをたっぷりと机《つくえ》の上《うえ》に用意《ようい》しました。研究室《けんきゅうしつ》の中《なか》がミントのすがすがしい香《かお》りでいっぱいになります。

「ノロロ、具合《ぐあい》はどう？　スノウがのどあめをつくってくれるからね。ぼくのときはすごく苦《にが》かったんだけど、でも、今回《こんかい》はミント味《あじ》にするからきっとだいじょうぶ。」

机《つくえ》の上《うえ》にはいつか見《み》たひからびた草《くさ》の根《ね》っこや青《あお》い実《み》などが置《お》かれています。

それを目《め》のはじっこでちらりと見《み》ながら、トラ助《すけ》はノロロの毛布《もうふ》をぽんぽんとたたいていいました。草《くさ》の根《ね》っこの中《なか》には、ゴボウのように細長《ほそなが》い茶色《ちゃいろ》いものや、白《しろ》いひげ根《ね》が何本《なんぼん》も生《は》えたまるで仙人《せんにん》のようなかたちのものもあって、ノロロは思《おも》わずぎゅっと目《め》をとじました。

「あんなものが入《はい》ったおくすり、苦《にが》くないわけないよ。」

がっさがさのノロロの声《こえ》。どうやらスノウには聞《き》こえないようです。

　スノウは、丸底《まるぞこ》フラスコの中《なか》にミントの葉《は》っぱと水《みず》、それから草《くさ》の根《ね》っこと青《あお》い実《み》を粉《こな》にしたものを入《い》れました。それを下《した》からアルコールランプで温《あたた》めます。スノウがタイマーをセットしているあいだに、トラ助《すけ》がいそいで砂糖《さとう》をスプーンに一杯《ぱい》足《た》しました。これだけ足《た》せば、さすがの薬草《やくそう》の苦《にが》味《み》もうまくごまかせるはずです。さいごにそこへ、わらい声《ごえ》のかけらをひとつ、ぽとりと落《お》とします。じわじわととけて、やがてかたちがなくなると、スノウはそれを細《ほそ》いかきまぜ棒《ぼう》でさりさりさりっとかきまぜました。

「このときのにつめかたや、かきまぜるかげんがとてもだいじよ。ここでしっかりにつめないと、あとになってあめがちゃんとかたまらないの。このあめ玉《だま》は、のどのおくでじわじわととけながらのどのいたみをとっていくおくすりだから、しっかりかたまってもらわないと、せっかくののどへのききめもなくなってしまうわ。」

スノウはいつもの研究《けんきゅう》のときとまったくおなじしんけんな顔《かお》で、くすりをくつりくつりとにつめていきます。やがてうすみどり色《いろ》のとろりとした液体《えきたい》ができました。それを小《ちい》さなまるがいくつもならんだ型《かた》に流《なが》しこみ、冷蔵庫《れいぞうこ》でしばらく冷《ひ》やします。かたまったものを型《かた》からがらがらはずしてできあがり。ひとつの小《ちい》さなわらい声《ごえ》のかけらから、十個《こ》のあめ玉《だま》ができあがりました。

スノウのつくってくれたくすりは、とてもおいしいあめ玉《だま》でした。口《くち》の中《なか》に入《い》れると、のどのおくにミント味《あじ》の風《かぜ》がシュワシュワシュワっとふきこんだみたいにすっきりします。

「ノロロのやつ、いいものつくってもらったな。」

ブラリはのどなんてちっともいたくないのに、

「ちょっとおいらもいただいていくよ。」

と、いくつかノロロのまくらもとからとっていきます。

「まあ、ブラリったら。これはおくすりなのよ。ノロロ、しっかりなめて、きょうはゆっくりしていてちょうだいね。」

スノウは温《あたた》かなミントティーもつくってくれました。ノロロののどのイガイガはしだいにらくになり、じきに赤《あか》みもきれいにひけました。

さて、よくじつの朝《あさ》です。

「スノウ、おかげでぼく、元気《げんき》になったよ。」

研究室《けんきゅうしつ》のドアがカチャリとひらいたのを見《み》て、ノロロはとびはねるようにしてドアのところにかけよりました。のどのイガイガがないだけで、背中《せなか》に大《おお》きな羽《はね》が生《は》えたかのよう。スノウがつくってくれたのどあめと、ぬくぬくとあたたかなねどこでひと晩《ばん》をすごせたおかげです。早《はや》くスノウにありがとうをいいたくて、ノロロは朝早《あさはや》くから、スノウが出勤《しゅっきん》してくるのをまっていました。けれど部屋《へや》に入《はい》ってきたのはスノウではなく、トラ助《すけ》でした。トラ助《すけ》はノロロを見《み》て、

「ノロロ、よかったね。ほんとう、ずいぶん元気《げんき》になったみたいだ。」

と、にっこりわらってくれました。そしてそのあと、こまったようにいったのです。

「でもノロロ、こんどはスノウがかぜをひいちゃったんだ。のどが真《ま》っ赤《か》にはれているらしい。けさスノウから工場《こうじょう》に電話《でんわ》があったんだって。ずいぶん小《ちい》さな声《こえ》だったみたい。」

きっと、ノロロがかぜをうつしてしまったのです。ノロロはスノウが心配《しんぱい》でなりません。スノウはいつも健康《けんこう》だの栄養《えいよう》だのに気《き》をつけていて、かぜなんてめったにひかないのに。

「だいじょうぶだよ。スノウは、かいぬしのゆきさんにとてもかわいがられているんだもの。きっとおうちでゆっくりやすんでいるよ。午後《ごご》になったらぼくがようすを見《み》てくるからね。」

トラ助《すけ》がそういってノロロをはげましてくれました。

けれど、スノウのかぜはずいぶんと悪《わる》いみたいでした。午後《ごご》にスノウを見舞《みま》ったトラ助《すけ》によると、ゆきさんはしごとをやすむことができなかったようで、スノウはひとりで家《いえ》にいました。

「のどがいたいせいで頭《あたま》もがんがんするんだって。それに声《こえ》がびっくりするほど小《ちい》さくて、のどが真《ま》っ赤《か》でいたそうだった。ミントティーを飲《の》んでもきかないんだって。」

トラ助《すけ》は肩《かた》を落《お》としていいました。そして、

「ね。ぼくたちで、スノウにおくすりをつくってあげよう。ぼく、きちんとメモしてあるんだよ。」

そういって、ノートをペラペラめくってみせました。トラ助《すけ》のノートには、きのうスノウがノロロのためにつくってくれたくすりのレシピが、ことこまかに記録《きろく》されています。

「さすがトラ助《すけ》！」

ノロロはすごいすごいと手《て》をたたきました。きのうスノウがつくってくれたのどあめを、ノロロはぜんぶなめてしまったのです。ひとつでも残《のこ》しておけばよかったと、ノロロはくやんでいました。でもトラ助《すけ》のメモがあればだいじょうぶ。もちろんノロロにはひと文字《もじ》だって読《よ》めませんが、メモさえあればよくきくすりがつくれるでしょう。

ノロロとトラ助《すけ》はそのノートを見《み》て、スノウの手《て》つきを思《おも》いだしながら、ミント味《あじ》ののどあめをつくりはじめました。ミントの葉《は》っぱをたっぷり用意《ようい》して、草《くさ》の根《ね》っこと青《あお》い実《み》を、すり鉢《ばち》で粉《こな》になるまでよくすります。草《くさ》の根《ね》っこはどれもひどいにおいでしたが、ふたりはむちゅうになってすりました。つぎにお水《みず》とその粉《こな》を丸底《まるぞこ》フラスコに入《い》れて、アルコールランプで温《あたた》めます。

「きのうはここにお砂糖《さとう》も足《た》したんだ。スノウのもそうしてあげようね。」

トラ助《すけ》がきのうとおなじようにお砂糖《さとう》をスプーンで一杯《ぱい》足《た》します。さいごにわらい声《ごえ》のかけらをひとつぽとんと落《お》としました。

すこしすれば、とろりとろりとうすみどりのつやがでてくるはずです。トラ助《すけ》はスノウがやっていたように火《ひ》を小《ちい》さく落《お》とすと、それをさらさらとかきまぜます。いい具合《ぐあい》になったらすぐに流《なが》しこめるよう、となりに型《かた》も用意《ようい》しました。でも、おかしいのです。レシピ通《どお》りにつくったのに、丸底《まるぞこ》フラスコの中《なか》は、ちっともとろりとしてきません。思《おも》いきって冷蔵庫《れいぞうこ》の中《なか》で冷《ひ》やしてみても、いつまでもさらさらの液体《えきたい》のままでした。

「かたまらないとのどへのきき目《め》もなくなってしまうってスノウがいっていたよね。

のどのおくでじわじわととけていくのがだいじだって。おかしいな。どうしてかたまらないのかな。」

トラ助《すけ》とノロロは、何度《なんど》ものどあめをつくりなおします。とちゅうペロリ料理長《りょうりちょう》にきてもらい、レシピのチェックをしてもらいました。

「ふむ。おかしなところはないと思《おも》うがね。」

ペロリさんは首《くび》をかしげます。ハックにもきてもらって、さいごのかきまぜるところをかわってもらいました。なにしろハックは工場《こうじょう》のかきまぜ係《がかり》ですから。でもハックはいうのです。

「おかしいね。いつまでもさらさらのままだよ。かたまるようすはぜんぜん感《かん》じられないなあ。」

ハックは毎日《まいにち》できあがる直前《ちょくぜん》の風《かぜ》をかきまぜて、さいごの仕上《しあ》げをしています。さいしょはもたりもたりとおもたいなべの中《なか》の風《かぜ》が、かきまぜるうちにすうっとかるい風《かぜ》になっていくしゅんかんを毎日感《まいにちかん》じているハックです。さいき

んでは手《て》もとで感《かん》じるちょっとしたかげんで、その日《ひ》の風《かぜ》の機嫌《きげん》までわかるようになってきています。そんなハックが、これはかたまりそうにないと首《くび》をふったので、トラ助《すけ》はかなしい気《き》もちになりました。

材料《ざいりょう》の計量《けいりょう》にうるさいしまねこのダンさんにもきてもらいました。工場《こうじょう》に長《なが》くつとめる古《ふる》かぶのダンさんです。じまんのはかりで、材料《ざいりょう》をきっちり計量《けいりょう》しなおしてもらいます。

「わたしのはかりによると、青《あお》い実《み》の粉《こな》が一ミリグラム足《た》りないが。」

そういわれてトラ助《すけ》があわてて青《あお》い実《み》の

粉《こな》を一ミリグラム足《た》し（こまかい粉《こな》のほんの指先程度《ゆびさきていど》です！）、それで一《いち》からつくりなおしてみましたが、やっぱりあめはかたまりませんでした。

「ふむ。おかしいねえ。ほかの材料《ざいりょう》はどれもきっちりはかれているのだが。」

ダンさんも頭《あたま》をかきました。

「へんだなあ。よし、もう一回《かい》やってみよう。」

つくるたびにかたまらず、それは試験管《しけんかん》にうつされます。ブラリが番号《ばんごう》とつくった時間《じかん》をラベルに書《か》いてペタンとはっていきました。わらい声《ごえ》のかけらを入《い》れたタイミングや、くつくつとにつめた時間《じかん》なども書《か》いておきます。どれも失敗《しっぱい》の標本《ひょうほん》です。そうやって何度《なんど》もつくりなおすうち、貯蔵庫《ちょぞうこ》のわらい声《ごえ》のかけらはどんどんなくなっていきました。夕方《ゆうがた》にスノウのところへレシピの確認《かくにん》をしにいったトラ助《すけ》が、

「わかったよわかったよ。あめをかためるにはずいぶんコツが必要《ひつよう》みたいなんだ。だからね、ぼくたちがつくるなら、わらい声《ごえ》のかけらをたくさん入《い》れると

いいんだって。そうすれば、かんたんにつくれるみたいだよ。」

と、スノウに聞《き》いてきたときには、もう貯蔵庫《ちょぞうこ》のガラスつぼの中《なか》には、わらい声《ごえ》のかけらがたったのひとつしか残《のこ》っていませんでした。

「どうしよう。わらい声《ごえ》のかけらがたったひとつじゃ、きっとまた失敗《しっぱい》だ。」

トラ助《すけ》が肩《かた》を落《お》とします。たったいま、わらい声《ごえ》のかけらさえたくさん入《い》れれば、だれでもかんたんにかためられると聞《き》いてきたのに。

さっきスノウは、トラ助《すけ》がまどをコツコツたたいた音《おと》を聞《き》いて、なにかあったの、と、まどぎわまでよろよろと出《で》てきてくれました。ほんのすこしのあいだのことだったのに、スノウの白《しろ》い毛《け》のつやはすっかり消《き》えて、まるで咲《さ》きおわりのすずらんのように細《ほそ》くくたびれきっています。消《き》えいりそうな声《こえ》のスノウのアドバイスを聞《き》いたトラ助《すけ》が、

「うん、わかった。スノウ、あとすこしのがまんだからね。」

というと、スノウは首《くび》を小《ちい》さくゆらして、

「だけど、わたしのためにそんなことしてくれなくていいのよ。」

といいました。トラ助《すけ》がおどろいてそんなのダメダメ、と首《くび》をふると、スノウはいつものようにトラ助《すけ》の目《め》をまっすぐ見《み》て、

「ね、トラ助《すけ》。わらい声《ごえ》のかけらはいまとてもきちょうなものなんだから。」

というのです。

「何日《なんにち》かやすんでいれば、かぜのウイルスなんてどこかへ行《い》っちゃうわ。しんぱいしないで。」

スノウは何度《なんど》もだいじょうぶ、といいました。でもそんなわけにはいきません。早《はや》くスノウに元気《げんき》になってもらいたいのです。いつもみたいに、ちゃきちゃきとうごいてもらいたいのです。わらい声《ごえ》のかけらをどれだけつかったってかまわない。早《はや》く元気《げんき》になってもらわなくっちゃ。

「ねこっていうのはからだの小《ちい》さな生《い》き物《もの》だから、ちょっとしたかぜが命《いのち》とりになることだってあるのよ。」

スノウだってよくそういっています。だからトラ助《すけ》のときもノロロのときも、すぐにかぜぐすりをつくってくれたのです。それなのに、スノウにはなにもしてあげられないなんて。

外《そと》ではつめたい雨《あめ》がふりだしました。こんなときに町《まち》に出《で》たって、わらい声《ごえ》のかけらはひとつだって落《お》ちていないでしょう。トラ助《すけ》もノロロも、泣《な》きだしたい気《き》もちでいっぱいです。

「スノウ、だいじょうぶかな。」

いいながら、ノロロが鼻《はな》をすすんとすすりあげます。

「この雨《あめ》、雪《ゆき》にならなけりゃいいけどね。」

まどにあたる雨《あま》つぶを見《み》て、トラ助《すけ》も肩《かた》を落《お》としました。まどはぐんぐん白《しろ》くくもっていきます。部屋《へや》の中《なか》もどんどん寒《さむ》くなっていくようです。そのときです。とつぜんハックが鼻《はな》をひくひくっとさせました。

「あれ、なんだか名案《めいあん》のにおい。」

そういって、もう一度《いちど》鼻《はな》をひくひくっとうごかします。

「そうだよトラ助《すけ》！　雪《ゆき》をふらせたらいいんじゃないかな。」

そういってハックはしっぽをぴぴんとたてました。これは、ハックにとびきりのアイデアがわいてきたときの合図《あいず》です。

「ねえ、いまからつめたい風《かぜ》をつくろう。この雨《あめ》をもっとつめたい雪《ゆき》にしよう。そうして町《まち》の子《こ》どもたちに笑顔《えがお》になってもらうんだよ。」

それを聞《き》いて、トラ助《すけ》もノロロもブラリも、

「そうか！」

と、声《こえ》をあげました。

「ハック、すごくいいアイデアだね。雪《ゆき》ふらしの風《かぜ》、つくろうつくろう。」

みんないそいで作業棟《さぎょうとう》に走《はし》ります。


さいごのわらい声《ごえ》のかけらひとつぶをつかって、工場《こうじょう》のねこたちは、つめたい北風《きたかぜ》をつくりました。いまふっている雨《あま》つぶをひとつ残《のこ》らず雪《ゆき》つぶにかえてしまう雪《ゆき》ふらしの北風《きたかぜ》

です。わらい声《ごえ》のかけらのほかに、角《かど》のとがったつめたい氷《こおり》をたっぷりミキサーの中《なか》に入《い》れます。冬《ふゆ》のはじめのこがらしよりも、もっともっとつめたい風《かぜ》。ほっぺたにあたると、きれてしまいそうな、するどいハサミのような風《かぜ》でした。つめたい雨《あめ》のふりしきる町《まち》に、銀色《ぎんいろ》の雪《ゆき》ふらしの風《かぜ》をふかせます。もちろん、送風室《そうふうしつ》のボタンをおすのは三毛《みけ》ねこの工場《こうじょう》長《ちょう》におねがいしました。ほかの町《まち》でおこなわれていた会議《かいぎ》から帰《かえ》ってきたばかりの工場長《こうじょうちょう》は、雨《あめ》にぬれた

コートをぬぎながら、

「ふむ。しかしこんな時間《じかん》にどういうわけだね。」

と、首《くび》をかしげました。もうすっかり外《そと》は日《ひ》が暮《く》れようとしています。こんなおそい時間《じかん》に送風室《そうふうしつ》のボタンをおすことはめったにありません。

けれどかわるがわる事情《じじょう》を話《はな》すねこたちからそのわけを聞《き》くと、工場《こうじょう》長《ちょう》は、

「ふむ。」

といって、いそいで送風室《そうふうしつ》のボタンをおしてくれました。

つめたい雪《ゆき》ふらしの北風《きたかぜ》は上空《じょうくう》の空気《くうき》をシャキンシャキンときりきざみながらふきまわり、やがて雨《あめ》を雪《ゆき》にかえました。ひらり、ひらり、と群青色《ぐんじょういろ》の空《そら》をねじりながらおりてくる雪《ゆき》は、ひと晩《ばん》かけてしずかにつもっていきました。

よく朝《あさ》、町《まち》は一面《いちめん》の雪景色《ゆきげしき》です。

どの家《いえ》の屋根《やね》にも雪《ゆき》がつもっています。

車《くるま》もポストも信号《しんごう》も、頭《あたま》の上《うえ》には真《ま》っ白《しろ》なふっかふかの雪《ゆき》ぼうし。そして町《まち》では、こどもたちのわらい声《ごえ》があっちでもこっちでもひびきわたっていました。

「雪《ゆき》だー。」

「すごいすごい。雪《ゆき》だよう。」

そのたびにきらきらとこぼれおちるわらい声《ごえ》のかけらを、小《ちい》さな黒《くろ》いねこや灰色《はいいろ》のねこ、茶《ちゃ》トラのねこたちがすばやくひろっていきます。

「見《み》て。ねこは寒《さむ》いのは苦手《にがて》だと思《おも》っていたけれど、みんな雪《ゆき》の中《なか》をとびまわってうれしそう。」

お父《とう》さんと道《みち》に出《で》ていた毛糸《けいと》ぼうしの男《おとこ》の子《こ》が、雪道《ゆきみち》をよこぎるねこを見《み》て、にっこりわらっていいました。その子《こ》が落《お》とした小《ちい》さなわらい声《ごえ》のかけらも、ブラリが見落《みお》とすことなくひろいましたよ。

大《おお》つぶなものも小《ちい》さいものも、きらきらとひかる上質《じょうしつ》なわらい声《ごえ》のかけらがたくさんたくさんあつまりました。そのうえ、どれもとてもおいしそうです。でも、ノロロもブラリも、口《くち》に入《い》れるのはがまんしました。そうですとも。これでやっと、スノウにのどあめをつくってあげられます。スノウはきょうも工場《こうじょう》をおやすみしています。きっとまだねこんでいるのです。ねこたちはわらい声《ごえ》のかけらをすべて研究室《けんきゅうしつ》にはこび、ふたたびミント味《あじ》ののどあめづくりにとりかかりました。

ハックが草《くさ》の根《ね》っこのいく種類《しゅるい》かと青《あお》い実《み》をすり鉢《ばち》でていねいにすりました。その苦《にが》い香《かお》りの粉《こな》と水《みず》とかわいたミントの葉《は》を丸底《まるぞこ》フラスコに入《い》れて、下《した》からアルコールランプで温《あたた》めます。砂糖《さとう》をスプーンに一杯《ぱいい》入れるのもわすれません。

くつくつとしだしたら、けさひろってきたばかりのわらい声《ごえ》のかけらをフラスコの口《くち》いっぱいまで入《い》れました。ガラスの口《くち》からこぼれ落《お》ちそうにもられたそれは、やがて下《した》からじわじわととけていって、しだいにかたちがきえていきます。するとさらさらだった液体《えきたい》が、とろとろとうすみどり色《いろ》になりました。

いままでの失敗作《しっぱいさく》とはちょっとちがうようすにうれしくなって、ねこたちはかわるがわるフラスコの中《なか》をのぞきます。トラ助《すけ》がこぼさないように気《き》をつけながら、小《ちい》さなまるい型《かた》に流《なが》しこみました。研究室《けんきゅうしつ》にはミントの香《かお》りがひろがって、ねこたちの鼻《あな》のあなはさっきからふくふくとふくらみっぱなし。冷蔵庫《れいぞうこ》で冷《ひ》やしてしばらくして型《かた》からがらがらはずしてみると、スノウがノロロにつくってくれたものとかわらない、きれいなミント色《いろ》のあめ玉《だま》が十個《こ》できあがりました。

「ぼく、さっそくとどけてくるよ。」

トラ助《すけ》がいそいでそれをスノウのところへもっていきます。雪道《ゆきみち》で肉球《にくきゅう》がいたいくらいにつめたかったけれど、トラ助《すけ》はすこしでも早《はや》くスノウにとどけようと、つめたい道《みち》をまっすぐいそいで走《はし》りました。


スノウが元気《げんき》になって工場《こうじょう》へもどってきたのは、よくじつのことです。いつものようにまつげはくるんくるんとカールしていて、白《しろ》い毛《け》はつやつやときれいに整《ととの》えられていました。スノウはいつだってしっぽの先《さき》までくしが通《とお》っているねこなのです。声《こえ》もいつものスノウの声《こえ》。笛《ふえ》みたいによく通《とお》るスノウの声《こえ》です。

「スノウ、元気《げんき》になったんだね。」

トラ助《すけ》とノロロがかけよると、スノウは花《はな》がひらくときみたいにぱあっとわ

らって、

「ありがとう。ありがとうね。」

と、何度《なんど》もいってくれました。そして、

「お砂糖《さとう》をスプーンに一杯《ぱい》足《た》したの、トラ助《すけ》ね。たしかに具合《ぐあい》の悪《わる》いときにはちょうどいいあまさかもしれない。でも、自分《じぶん》でもいろいろやってみたいの。『わらい声《ごえ》のかけらでくすりをつくるときのお砂糖《さとう》の量《りょう》と飲《の》みやすさについて』。新《あたら》しい研究《けんきゅう》課題《かだい》ができたわ。」

そういって、スノウはさっそくうでまくりをしたのです。

「のどあめの失敗《しっぱい》の標本《ひょうほん》、ブラリのところにおいてあるのよね。研究《けんきゅう》の材料《ざいりょう》につかわせてもらいたいの。トラ助《すけ》、あとでぜんぶはこんでおいてくれないかしら。よろしくね。」

スノウが長《なが》いまつげをパチパチパチパチッとさせたのを見《み》て、トラ助《すけ》は、やっぱりスノウにはかなわないなあと思《おも》いました。スノウにはなんでもお見通《みとお》しなのです。

スノウが元気《げんき》になったので、三毛《みけ》ねこの工場長《こうじょうちょう》も安心《あんしん》しました。そして、

「ふむ。これはすばらしいことだ。」

そういって、書斎《しょさい》のいすにふかぶかとすわりました。スノウのためにみんながいっしょうけんめいくすりをつくったこと。それからなんといっても、こがらしのふくこの時期《じき》に、わらい声《ごえ》のかけらを自分《じぶん》たちでたくさんあつめたこと。これは、今後《こんご》の風《かぜ》つくり工場《こうじょう》にとって、大《おお》きな発展《はってん》につながる大発見《だいはっけん》です。

工場長《こうじょうちょう》は、ひきだしからふとい丸筆《まるふで》とすずりを出《だ》しました。表彰状《ひょうしょうじょう》を書《か》く道具《どうぐ》です。工場《こうじょう》に役立《やくだ》つしごとをすると、工場長《こうじょうちょう》から表彰状《ひょうしょうじょう》がわたされることになっています。

「ふむ、だがしかし、だれに表彰状《ひょうしょうじょう》をわたそうか。」

工場長《こうじょうちょう》は、工場《こうじょう》ではたらくひとりひとりの顔《かお》をじゅんぐりじゅんぐり思《おも》いうかべました。外《そと》では北風《きたかぜ》がふいているというのに、いま、工場長《こうじょうちょう》はあたたかな気《き》もちでいっぱいです。

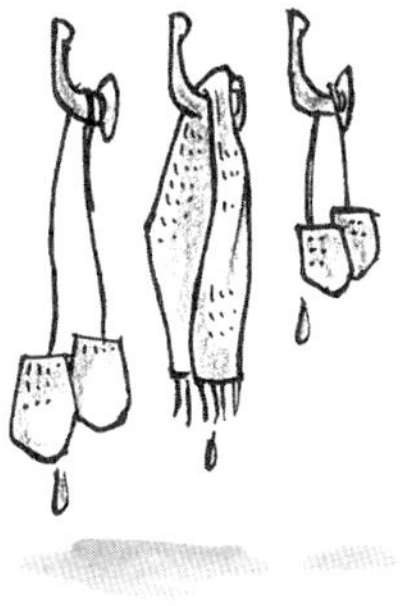

みずの よしえ（水野良恵）

1975年埼玉県生まれ。 2006年、第18回新美南吉童話賞最優秀賞受賞。2007年、第29回子どもたちに聞かせたい創作童話大賞受賞。著書に『ねこの風つくり工場』、こぎん刺し作家としての共著に『ちいさなこぎん刺し』（河出書房新社）などがある。

いづの かじ（伊津野果地）

1971年愛知県生まれ。東京外国語大学イタリア語学科卒業。2006年、ボローニャ国際絵本原画展入選。絵を手がけた著書に『アヤカシ薬局閉店セール』（偕成社）『兵士のハーモニカ』（岩波書店）『ハリ系』（ポプラ社）『ボタ福』（講談社）などがある。

ねこの風つくり工場
工場見学のお客さま

2016年11月　初版第1刷
作　家　　みずの よしえ
画　家　　いづの かじ
発行者　　今村正樹
発行所　　株式会社偕成社
162-8450 東京都新宿区市谷砂土原町3-5
電話 03-3260-3221（販売）　03-3260-3229（編集）
http://www.kaiseisha.co.jp/
印刷所　　大日本印刷株式会社
製本所　　株式会社常川製本
©Yoshie MIZUNO, Kaji IZUNO 2016
21cm 130p. NDC913 ISBN978-4-03-528500-7
Published by KAISEI-SHA. Printed in Japan.

本のご注文は電話・ファックスまたはEメールでお受けしています。
Tel : 03-3260-3221　Fax : 03-3260-3222　e-mail : sales@kaiseisha.co.jp

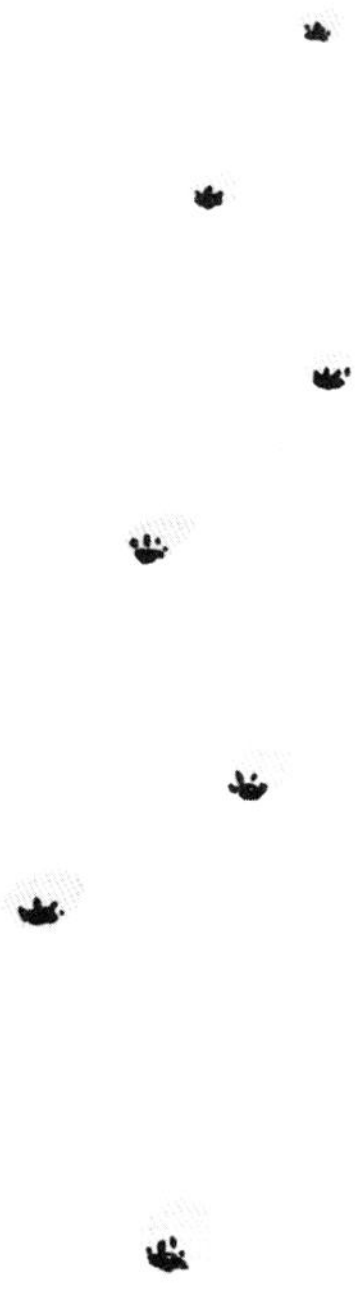